总角流年

严风华 著

漓江出版社

图书在版编目（CIP）数据

总角流年 / 严风华著. —桂林：漓江出版社，2016.5（2022.6重印）
ISBN 978-7-5407-7783-8

Ⅰ.①总… Ⅱ.①严… Ⅲ.①自传体小说—中国—当代 Ⅳ.①I247.5

中国版本图书馆 CIP 数据核字(2016)第 110708 号

总角流年

ZONGJIAOLIUNIAN

作　　者　严风华
出 版 人　刘迪才
策划编辑　梁　志
责任编辑　苏子新　陆姝彤

出版发行　漓江出版社
社　　址　广西桂林市南环路 22 号
邮　　编　541002
发行电话　010 - 65699511　0773-2583322
传　　真　010 - 85891290　0773-2582200
电子信箱　ljcds@163.com
网　　址　http://www.Lijiangbooks.com
印　　制　河北浩润印刷有限公司
开　　本　787 mm × 960 mm　1/16
印　　张　10.75
字　　数　250 千
版　　次　2016 年 5 月第 1 版
印　　次　2022 年 6 月第 2 次印刷
书　　号　ISBN 978-7-5407-7783-8
定　　价　42.00 元

总角：古代未成年的人把头发扎成髻，借指童年。

序 | 回望

在法国，一位叫菲利浦·阿利埃（1914—1984）的史学家，就像一个锲而不舍的猎人，经风历雨，忍饥挨饿，长期隐没在一片浩瀚而茂密的历史森林中，沿着四个世纪的绘画和日记，以及游戏、礼仪、学校及其课程等漫长的踪迹，凭借经验的嗅觉，一点一滴地追寻儿童的历史。他最终发现：在中世纪，小孩一旦断奶，就被当成“小大人”，没有任何的特殊待遇。他们没有专门的儿童衣服，和大人穿的差不多，整天混在成人中间，参与劳动、竞争、社交、玩耍。到了中世纪末期以后，人们发现小孩与成人的确存在着心理、生理的巨大差别，父母才将孩子与大人渐渐分离，以儿童及对儿童的保护和教育为中心的新的家庭观这才发展起来。

1962年，菲利浦·阿利埃从童年的历史森林中走出，将他收获的“猎物”——《儿童的世纪——旧制度下的儿童和家庭生活》结集出版，一下子在西方史学界引起了轰动，被视为儿童史和家庭史的奠基之作。将童年时期视为一个最特殊的人生阶段，这个观念自此扎根于现代西方思想之中，并席卷了整个现代世界，成为无可动摇的价值观。

童年离我们很遥远，中世纪的童年更加遥远。但菲利浦·阿利埃却还能够触摸到童年残存的体温和气息，并与他们喃喃细语，这让我感到特别诧异和震惊。诧异的是，原来我们人类的童年经历，早先竟是如此的简单和随意，如此的从容和坚强。那时的儿童早早就自立，无须搀扶，无须呵护，跟着大人去狩猎耕种，去争抢食物，去打闹嬉戏……也许因为身单力薄，难免会弄得灰头土脸，鼻青脸肿，但决不会哭爹喊娘，绝不像今天的儿童，如此孱弱，如此娇贵，似乎永远都长不大。

震惊的是，现在的人，几乎将我们美丽如花的童年忽略和遗忘。一进入了成人的阶段，就整日里为名忙为利忙，不说了解很久以前的事，就算是刚刚从我们眼前流经的童年，有谁还能记起它的模样？有谁还问候它的冷暖？有谁还为它挽留或追忆？

童年，那是我们步入人生最初的入口啊！

还有那片含辛茹苦养育了童年的出生地。此刻，它也许就在我们的脚下，也许已经成为我们远在天边的故里。但任何时候，任何一片出生地，始终怀有一种岁月都难以消磨的母性情怀。对于投入到她怀抱的每一个子民，她没有亲疏之分，都会慷慨地展开一双柔软的臂膀，将你揽入怀中，让你分享安放在她胸脯里的那份安详和发自体内的乳香；然后又撒开双臂，让你在她微微隆起的小腹里撒娇和捣蛋。即便你的闹腾使得她疲惫不堪，但她却以无限宽厚和仁慈的微笑，轻抚着你的头，哼着残旧的歌谣，让你在呢喃声中安然入眠。

出生地，那是生长我们躯体和灵魂的地方啊！

可是，如今的人，又有谁能记得起为她梳理那一头银色的乱发？又有谁能仔细地端详她日渐衰老的面容？又有谁能为她打拍积集在身上的尘埃？

这样一想，我羞愧难当。

1980年7月，我高中毕业。

心虚虚地等待了大半个月之后，高考成绩公布。不同档次的分数线为每个考生划分了不同档次的命运。我的分数只上了中专线。一心就想上本科的我，毅然决然断绝了上中专的念头，没等到开学，就立即翻出旧课本，独自待在家里，开始了复习。

父母觉得情况不妙。父亲当年毕业于兰州大学中文系，母亲也是中师毕业。他们深知本科文凭与中专文凭之间的巨大差别，所以他们十分支持我做出复读的决定。但县城的教学质量不高，父母便通过亲戚在首府南宁市联系了一所学校。记得那是九月初的一天，阳光明净，空气清新，母亲带着我，大包小包地提着行李，先是搭乘了一辆拉货的顺风车北上到了崇左县(今崇左市)，然后转乘火车，再北上到达南宁。全程总共230公里。

不曾想，我第一次出远门，竟是离开故土的开始。

在那座熙熙攘攘的大城市里，我在一个叫我爸作“叔”的同族哥哥家里寄宿了整整一年。还好，经过了一年的补习，我考上了广西民族学院中文系。两年后，我二弟也从家乡龙州考入我所在的学校所在的系部。四年后毕业，我顺风顺水地留在了南宁。

就在我读到大四最后一个学期时，父母意外地调到了南宁；还在读中学的三弟和四妹，也跟着转学过来了。也就是说，从此以后，我们一家远离故里，寓居他乡了。

“想得家中夜深坐，还应说着远行人”“故国多年情尽改，忽听春雨忆江南”。在电脑里随便一查，便找出许多古句来。从古到今，想必人人都有客居他乡思故乡这样的朴素情怀。那是一种与生俱来的牵扯不清的特殊情感。因为那里有太多的事情曾经发生，也有太多的事情已经遗忘。那里是缘起之地，因果之源。做了南宁人之后，我却发现，这样的思乡情愫竟然从我的心底里一滴滴地流失，就像一个松了盖口的酒瓶，经过岁月的蒸发，瓶子里的酒悄然流失却浑然不知。久而久之，我与故乡似乎是渐行渐远，了无牵挂了。

这种情绪，常常让我感到别扭和沮丧。但我知道，那是我心里有太多的积怨。

我曾不止一次跟人说过，我没有太强烈的故乡概念。因为在故乡，在我的童年里，似乎没有什么快乐，也就没有幸福可言。

这也许是一句偏激的断言。

但快乐和幸福是记忆的储藏室。没有储藏室，日晒雨淋的记忆注定是要荒芜的。

1962年10月，我生于广西南疆一个古老的边关——龙州城。

从年份就可以推算得出，我的童年和少年时期正好经历那段特殊的时期。那时候，我们家的家庭成分被定为地主。这样的身份在那样的年代，每一天都要过得小心翼翼、诚惶诚恐；严重的时候，每个家庭成员都感觉像是被扒光了衣服，暴晒在无数鄙视的目光下，羞耻得只剩下了惊恐的心跳。处在童年的我们，纯洁的身躯里生长了仇恨和愤怒，学会了记恨和报复。我们流下了第一滴委屈的泪水，咽下了第一口难言的怨气，树立了第一个可恶的敌人……

这就是我的童年，我的出生地。

故此，积怨使我无法像别人那样愉快地谈起童年，谈起故乡。我在南宁定居的前二十年，我几乎不回老家；即便回，也极少寻亲访友，更不与任何部门打交道。

转眼，已至知命之年。那是一个应该明白生命意义的年纪。到了这个年纪，我明显感到生理和心理都出现了一种“停顿”。停顿的表现在于身体上渐感体力不支，行动迟缓；思想里少了年轻时的勇进与激情，轻狂与欲望；对于晃过眼前的名和利，尚有些贪图，却已无意也无力去抓去扯，去捞去捡了。人生的里程，不可能返回从前，往前走却再也走不出灿烂和辉煌。那是一种日落西山、强弩之末的无奈。

“一些当时看去不太要紧的事却能长久扎根在记忆里……比如一张旧日的照片，拍时并不经意，随手放在哪儿，多年中甚至记不得有它，可忽然一天整理旧物时碰见了它，拂去尘埃，竟会感到那是你的由来，也是你的投奔……”（史铁生《墙下短记》）。

有一天，我独自到了南宁之外的一户农家里闲居。我带去了购买多年却还没有读完的史铁生散文集《想念地坛》。这户农家是一个四合院，就建在一座大山的半腰上，屋子只住着一位七旬农妇。山是泥山，一峰连着一峰；从山脚到山腰，都是茶场。一畦一畦的茶树，被修整得整整齐齐，如龙身的鳞甲。偶见两三个茶农在地里劳作，黑色的影子如米粒般大小。早上，吃了早餐，我将一张椅子放在一侧厢房的走廊上，懒散地靠着椅背看书。正是仲夏，刚出山的阳光斜斜地越过屋顶，扑在我的脸上，有些烫热。山里空旷，静谧，时不时有些大鸟从头顶掠过，“叨”的一声鸣叫，留下一串串长长的尾音，就不见了。当我读到史铁生上面这段文字时，仿佛醍醐灌顶，天眼顿开，接着是筋骨暴涨，热血沸腾。我似乎找到了一种依靠，找到了一种依据。

原来，我们一生只忙于赶路，赶得满头大汗，气喘吁吁，不得已将身上的负重一件件地丢弃于路边。事实上，我们无意间舍弃在路边的很多物件，经年流月，已成宝典。捡回它们，拭去尘埃，就能找回曾经的温存。

史铁生是在告诉我们一个经验：回望。

走得远了，走得累了，不妨回望一下——回望乡关，回望故里，回望故人，定会知道我们曾经的“来由”，也知道我们将来的“投奔”。来由和投奔，就像一挑担子，一头挑着过去，一头挑着现在；一头挑着故里，一头挑着他乡；一头挑着童年，一头挑着壮年。放弃了哪一头，都会失去平衡。

回望里，我们看到了什么？目光所至，无非是远山和浮云。但透过远山和浮云，必定是清天白日之下的美丽如初的童年与故里。

别怪我偏心，现在挑在我肩头的担子，如果两头的箩筐分别装的是童年和壮年，或者是故里和他乡的话，我更热爱童年或故里。那里有熟悉的乡音和故土，有码头篷船，有庙宇祠堂，有古巷小径。我调皮的身影，曾经像风一样从它们身边溜过；在一阵阵的叫卖声中，我经不住诱惑停在小食摊前，掏出仅有的一两枚镍币，买了酸萝卜或薄荷糖，和弟弟吃得两腮生津；我抱着幼小又哭又闹的妹妹，买了三次票，进了三次电影院，总也看不完《三进山城》；我逃了学，与同伴一起，蹚入没人看守的鱼塘中用竹排将鱼赶上岸，白花花蹦蹦跳跳的鱼让我们捡得手忙脚乱……

他乡和成年的箩筐里，装得满满的是生计和名利，以及为此而展开的明争暗斗、伪善奸佞、损人利己的成年人游戏。如果不是为了生存，为了家人，估计没有谁愿意挑着这副担子回家。

但人生必须两头挑着，否则就不完整。

史铁生还说："有人的地方一定有墙。我们都在墙里。没有多少事可以放心到光天化日下去做。"

这个时候我才明白，近三十年来，我对故乡的躲避和排斥，是因为我钻到墙里去了。墙里看不到童年和故里。

在那间远离南宁的农家四合院里，几天来，我除了看书，很多时候都是和那个农妇聊天。她二十出头的时候就嫁到这个村子，一开始做公社的接生员。至今，方圆十几里地，前后有几千个孩子都是经她的手降生的。她丈夫是镇中学的教书先生，除了假期，常年都不在家。她平常除了出诊，还要照顾公婆，养鸡喂猪，锄地种菜，护理他们那五个孩子。那间四合院，全是她一个人，利用空余时间，打土砖，挑石头，分期一间一间建起来的。怪不得她那间四合院，房间有的新，有的旧。如今老了，丈夫和五个孩子都到县城去住了，可她就是不愿下山，说这里的空气好，还有人可以聊天。她如今每天都坚持下地，种些瓜果，甚至还种玉米和稻谷。这几天，农妇跟我说的，几乎全是她以前如何翻山越岭为乡亲接生，如何起早贪黑养家糊口的往事。农妇用回望的方式，肩挑着过去和现在，坚守着那间凝聚了她全部血汗的孤院。

有时候，回望比前行踏实。

回望可以找到很多温暖的往事。

回望可以明了以往的一切，但前行却无法预知未来。

所以，人有了回望的欲望和去向，才能渐渐安详下来，直至离世。

目录

第一章｜命里运外

父母把你生下来，安排在这个家庭里，你就得跟随着家庭的命运轨迹生活和成长。你别无选择。

什么样的家庭，就有什么样的命运。什么样的命运，就有什么样的人生。

折身

1949年12月的某一天，龙州解放前夜。邬民飞带着他的妻子和一个14岁的女儿，正日夜兼程地往越南的海防逃亡。

邬民飞当时是广西对讯督办署的一名下级军官，先后在凭祥、龙州两地海关做外事工作。这个对讯督办署，是中法战争结束，清政府和法国政府在天津签署了《中法会订越南条约》后，经双方商议而设立的机构。其时，龙州被辟为广西第一个对外通商口岸，对讯督办署就是专门负责处理中国与法国、越南的外交事务。所谓对讯，即驻有武装之地为“讯地”，彼此对设讯署，即曰“对讯”。广西对讯督办署意为“广西国境警察局”的意思。第一任对讯督办是广西提督、太子少保苏元春，地址设于凭祥；第二任督办郑孝胥到任后，立即将督办署迁到龙州利民街。邬民飞当时任法文翻译，写得一手好毛笔字。

他知道，龙州一旦解放，那等待着他的将是不测的命运。所以，他不得不带着妻儿，忍痛离开家乡，赶上停靠在越南海防的最后一艘国民党军舰去台湾。当时他们逃亡的路线是：先从龙州的丽江坐船到邻县宁明的明江，然后从宁明边境进入越南，到海防。

但当他们上了岸，来到宁明县边境线上一个叫马鞍村的地方时，情况出现了变化。邬民飞妻子平日以卖豆腐为生，长期操劳，染病在身，身体十分虚弱，而女儿年岁还小，经过两天的跋涉，她们已经体力不支，行动缓慢。按如此速度，恐怕无法赶到百里以外的海防，按时登上那唯一的一趟军舰了。无奈之下，邬民飞决定，他一个人先走，等以后安定了，再回来接她们。

当时适逢冬天，他们除了带出一些路费和御寒的衣物，就别无他物了。风从江面刮来，徐徐的，却有一种透入骨髓的冷。江边的竹丛，叶子已经泛黄，在风的作用之下，竹尾顺着风向不停地摇摆，“沙沙”的响声，抖落许多黄叶。站在路口边，邬民飞要与妻子和女儿告别了。当时的礼节，不会有今天那样的拥抱、握手、吻别之类的造作和烦琐。他只是向她们挥挥手，转身就走。邬民飞是个军人，身高一米七几，身板挺直，英气十足。但此时的他，高大的身躯却现出了一种难以察觉的单薄与孤寒，步子迈得多么的迟疑和凝重。看着他在竹林中渐渐远去的背影，他的妻子知道，这是最后的告别了。岁月的磨砺，世事的困苦，迫使她强忍住了泪水和悲伤，只是用目光表达了送别的留恋。而十多岁不谙世事的女儿，已明白这是一种骨肉的分离，悲伤之情一下充盈心间。她紧紧拽住母亲的衣襟，一头埋在母亲的怀里，浑身颤抖，脸颊通红。她想刻意地压制住哭声，不想让父亲听到，怕影响了他的行动。但眼泪还是不听话，扑簌簌地淌下，一直淌到嘴角。眼泪渗到嘴里，味道是咸的，这就更加触发了她的悲伤，忍不住突然“呜”的一声哭出来。这哭声有些嘶哑，且断断续续。虽然微弱，但随着风的流转很快就传到了邬民飞的耳朵。他一听到，就一下愣住，赶紧回过头来，看了一看妻女那孤苦的样子，心一软，折身就返回来了。

这一折身，是邬民飞刚才一直怀有的念头。毕竟抛下妻女，他于心不忍。况且，这一离别，何时才能相逢？这个家没有了他，她们怎样生活？一连串的困惑使他实在不忍独自离去。倒是女儿的哭声给他找到了折身的理由。

但这一折身，就完全改变了他的命运。

也许，在此之前，他一定想了很多。如果他去了台湾，除了承受骨肉分离之苦，那么，他身后所发生的一切，他将不用去承担什么；而如果他返回家乡，今后所有的祸福，他将要亲身经历。但他最后一想，这么多年，无论是在官府里做事还是与邻里相处，他从没有欺压百姓的言行，估计新政府对他不会有什么不公。

他们又重新坐船从明江到丽江返回龙州。后来，邬民飞的女儿邬淑德在龙州结了婚，邬淑德就成了我母亲，邬民飞就成了我外公。龙州便成了我的出生地。

母亲一直说，当年如果不是她的一哭，那外公就真的走了，去台湾了。

如果外公去了台湾，那绝不是什么好事情。

豆浆和油条

我母亲和我父亲严毓衡结婚后，于 1962 年 10 月生下了我。

我不知道那是个什么样的年份。那时的天气，像现在一样，夏天很热、冬天很暖和吗？那时的人，像现在一样，一年到头都在忙忙碌碌吗？

不知道。当时的年龄，无法理解当时的社会生态。后来才知道，父母把孩子生下来，安排在这个家庭里，这孩子就得跟随着家庭的命运轨迹生活和成长。孩子别无选择。

在我的印象里，我童年最初的生活应该是很幸福的。

我记得我是住在一个大大的方方正正的院子里。院子中间有一棵大树，树干粗壮，绿荫如伞，根须庞杂，大人和小孩喜欢坐在树根上乘凉，连鸡狗也爱在那儿打盹。大树北面有一排平房，隔有四五个房间；平房两侧则配有侧房，整体呈“工”字形。大树的南面是院子的大门口，门口有个石阶，斜斜地伸出街边。我家就住在平房西侧的一间侧房里。每一天早上，妈妈在我口杯里装上了水，给我的牙刷挤上牙膏，让我蹲在门口刷牙。我记得那应该是我最早的刷牙历史。最初的时候，总觉得牙膏有点呛和辣；呛辣折腾得将要撑不住的时候，嘴巴里却漫出了一股妙曼的果香味。这种味道让我想起了我平时吃过的水果，比如香蕉、苹果之类。渐渐我就接受了这种味道。就在我极其生硬地操纵着牙刷，在嘴巴里胡乱地捅来捅去的时候，大门口陆陆续续进来了一个又一个比我稍大的孩子。他们路过我身旁的时候，几乎都是停顿一下，呆呆地却又充满新奇地侧目看我。我很不喜欢这样的目光，但又不知道如何去驱赶这样的目光。过了一会儿，那些大孩子齐刷刷地都进了平房。平房里就发出了一阵阵响亮的读书声。

很快我就知道，我所住的是一所学校，妈妈是这所学校的老师。这所学校叫龙江小学。校园里的那棵大树，叫榕树。大门对出去的那条街，就叫龙江街，呈东西走向。穿过龙江街，往下就是丽江了。龙江街两旁全是民居，高低不等，大小不一，但全都是瓦房。街的走向，如蛇肚一样，弯曲不直；而街面常呈波浪状，起伏不平。

我记得家里就只有我和妈妈两个人，十分的安静。年轻的妈妈，在空闲的时候，爱用豆荚煨了火灰后煮水洗头。那豆荚水是茶色的，有一股焦香味。妈妈弯下腰将长而黑的头发泡在水盆里，水盆就变成了一汪的墨。她洗净了长发，坐着小椅擦头、梳发的时候，就拿出一张报纸，教我念上面的几个大字："广西日报"。我跟着念了三遍就不念了。过了几天，她再拿出那张报纸上的字让我认，我居然还认得。她惊讶得连连地点着头，赞我记性好，聪明。

吃饭的时候，我总是需要妈妈哄着喂。如果哪一餐吃的是南瓜苗，那就最好哄最好喂了。妈妈会专门挑出一根根炒得绿油油的有节眼的瓜苗，引导我说，你看，这像不像喇叭？说罢，她把有节眼的瓜苗轻轻含在嘴里，"滴答滴答"地吹了吹，然后转放在我嘴里让我吹。趁这个机会，妈妈用匙羹搭上一口饭，填进我嘴里。

那时候我认识了一种奇怪的菜，叫屈头蛋。农家孵了小鸡小鸭，每逢圩日就挑出来卖。但往往在每一窝蛋里总会遇到一两个成了胚胎却死在蛋壳里的鸡蛋或鸭蛋。这种蛋叫屈头蛋，炖或煎，食后可治扁头风。妈妈每每见到，都买下一两个来，煎了给我吃。

妈妈说，她常常有些头痛。

有一天醒来，我发现学校里突然住满了穿着绿军装的人。妈妈告诉我，那是解放军，去支援越南的胡志明，打美国鬼子的。后来我才知道，从龙州到凭祥有一条三十多公里的边防公路，到了凭祥，出了友谊关，就可以进入越南北方了。那里有许多的解放军和越南游击队在跟美国鬼子打仗。所以，从此以后，龙州街上就常常出现解放军和军车。

住在学校的解放军叔叔真好。有一天早上，起了床，我走出门口，不远处有个解放军叔叔向我招了招手，让我过去。我到了他身边，他将一个绿色的口盅，在一个铝桶里舀上了满满的一盅呈白色的稠稠的液体，还让我拿了两根柔软的金黄色的如小孩手臂粗的东西。我回到家，妈妈惊讶地说，哟，那是豆浆和油条呢！是解放军叔叔给的吧，你怎能拿人家的东西呢?

责怪归责怪，妈妈和我还是美美地把豆浆和油条享用了。最美妙的吃法是，把油条一节一节掐断泡在豆浆里，然后才吃。那油条被豆浆一泡，立即变软，但表皮被油炸过，还是脆的，软和脆混合，还带着豆浆的甜，味道综合起来，十分美妙。

后来，我竟然经常有意无意地到门口坐。我知道坐的用意，也知道这样坐很不好，但我实在是忍受不住豆浆和油条的诱惑。这是最早进入我记忆的食物，而这样的食物靠坐着就可以获得——每一次，解放军一见我坐在门口，就会把豆浆和油条给我送来。当然，妈妈见了，都会责备我几句。

但过了些日子，那些解放军叔叔和停放在街边的汽车突然都不见了。

豆浆和油条就没得吃了。

但关于豆浆和油条的记忆，却永远就留在了脑里。

那时候我基本没有爸爸的印记。爸爸是突然出现的。

我不知道他从哪里来，为什么回来。总之他和妈妈相处的时候，他们总是一副很高兴很高兴的样子，很多时候都不大理睬我。

有一天傍晚，父母说，今晚我们不在学校住了，这里危险，就住到对面的熟人家里去吧。

在学校里住宿的老师并不多，就几户人家，平时的确显得冷清。可是以前都这么住着，为什么突然就住不了呢？我当时弄不明白。那时是冬天，吃了晚饭，天就黑了。父母锁了门，走到榕树下突然停住，两人嘀嘀咕咕，不知说些什么。我记得母亲穿的是一件天蓝色的绒大衣，父亲穿的是黑色中山装。想着能跟父母到别家去住，我兴奋得有点神经质，在一旁嘭嘭地跳个不停。但天冷，风一吹，就有些寒战。再看看整个校园，黑乎乎的，没有一丝光亮。为了抗寒和壮胆，我边跺脚，边振臂高呼：“打倒刘……！打倒……”这是我从街上的广播里学的，但我感到最后那个名字喊得好像不对，可还没来得及改口，父母就呵斥过来了："别乱喊！"

父母拉着我，小跑着穿过龙江街，到了一户人家门口。父母先是敲门，木门"吱呀"开了，他们同时回头看了看，拉着我急忙闪了进去。在客厅，父母和主人寒暄几句，就细声细气地聊着一些我听不懂的事。这家有个年纪与我相仿的小孩，我们就一起折纸飞机。我们一家三口就在他们窄窄的阁楼上住了好几个晚上。

白天起了床，我们又回到学校。这时，学校里已经不上课。有一天早上突然听到远处有几阵密集的枪声，父母和几个老师都跑到校门的门槛上看，不一会儿，就看见有几个左手戴着红袖章的人火急火燎地用担架抬着一个浑身是血的人跑了过去，不见了。老师们就聚在一起，议论纷纷。

这时候，学校似乎没以前那样安静了。妈妈再也不拿豆荚煨火灰煮水洗头，也不再教我认字。常常挑着屈头蛋沿街叫卖的农人，已不知去向。倒是有些学生跑到校园里来玩耍。有一天，我看见几个学生，抱着一只母鸡，在榕树根下，头凑着头，围成一圈。我走近了看，见他们将一颗有大人拇指大小的鞭炮，绑在母鸡的一个脚上，然后划燃火柴，点燃鞭炮，将母鸡松开，人一动不动地站在那儿看。

我以为那是一种游戏。

母鸡突然能从人手里挣开，感到十分意外和高兴，"咯、咯、咯"惊叫着向外逃走。但没走几步，发现自己的脚上一直"吱吱"地冒烟，吓得有些不知所措，竟然不跑了，反而折了回来。这时，鞭炮"嘭"地一响，炸了，那母鸡已经忘记叫喊，一瘸一瘸地狂奔，同时没命地拍打着翅膀，身体竟腾起三尺高，差点就要飞上天。

学生们则捂着肚子咯咯地笑。

加拿大作家玛格利特·阿特伍德在一篇文章里写道，他五岁的时候就喜欢和哥哥一起做毒药——把死老鼠、毒蘑菇、花楸果放在一个油桶里，然后不断地搅拌，这就制成毒药了。这个过程能产生魔幻的感觉，很有成就感。

那帮炸鸡的学生，大概就有这种感觉。

傍晚的时候，我听见有一个老师走出校园，大声地喊："阴功哦，我的鸡挖了你地，扒了你的坟？怎么搞成这个样子……天打雷劈你个冚家铲哦！"

我觉得奇怪，那些大哥哥怎会想出这样的游戏来呢？

我最佩服的是住在学校对面的那个黄大鹏。他长得高大，粗壮，会打架，是龙江街的孩子头。龙江街的孩子几乎都围着他转，玩跳"狗头"、打纸角、弹玻珠、躲猫猫。他们最爱玩的游戏是"劈甘蔗"，每次赢得最多的几乎都是黄大鹏。

他们的玩法是，十几个人一分两分地凑钱，一起到街上买回一根甘蔗。那是一种专门食用的玉蔗，皮软肉甜。然后让一个人回家拿来一把菜刀，找一块有土坎、有石墩或者有阶梯的地方，开始了"劈甘蔗"的游戏。我曾经拿出妈妈给我的几分钱来给他们，想入伙，但黄大鹏朝我屁股踢了一脚，说，你长得还没到我的卵泡高，你玩什么玩啊，走开！但我还是依依不舍地跟着我敬仰的黄大鹏看热闹。

他们是按年龄大小排队，小的先劈。甘蔗太高，谁都够不着，必须站在土坎、石墩或阶梯上，将甘蔗头朝地尾朝天地竖起来，然后用刀面压住，压稳了，就可以举刀往蔗尾的中心劈。劈出来的部分就归你了。每一次，轮到黄大鹏劈的时候，大伙都一起尖叫："劈不中！劈不中！"可黄大鹏从不惊慌，手起刀落，总能劈出一大片来，很少失手。把一条甘蔗劈完的时候，黄大鹏手里拿走了一大半。有时候，他会分给我一片两片，还说，等你长到我的卵泡高了，再给你劈。

此后，我回家吃饭吃得特别多，妈妈感到惊讶。妈妈不知道，那时我多么盼望快快长大，长到黄大鹏的卵泡高了，我就可以跟黄大鹏劈甘蔗了。

有一天黄昏，龙江街突然变得很嘈杂。走在街上，随时可以看见街坊们一堆一堆地围在一起，不知说些什么。天擦黑，吃过了晚饭，母亲拉着我，说，走，去看看。

嘈杂就出现在校门斜对面的一户人家里。原来，那天来了一群乞丐，有十来个，男女老少混杂，大多是垢头污面，衣衫不整。有的说他们是从山东来的，有的说是从河南来的。他们一到，首先是引得沿街的注目或围观，但不久就有好心人把他们引到这户人家里来了。龙江街有不少房屋原是地主、资本家、富商的，全国解放后，他们的房屋被没收，给贫农们分了。这种房屋，结构都是长而窄，有上下两层，一般要住上三四户人家，所以，一楼的厅堂和过道都是空的，属于公用。那十几个乞丐，就被安顿在厅堂里。天黑了，该是生火煮饭的时候了。好心的邻居，这个送米，那个送柴火，有的还送青菜和咸菜，乞丐们就拿出自己带来的锅头生火做饭。厅堂里没有灯，但几个火灶同时开火，厅堂就亮堂堂的，看热闹的人将门前围得密密实实。

妈妈拉着我的手挤了进去。所有的人都看不到背影，只看见一张张被火苗照得红扑扑的脸。水烧开了，锅头里的米饭噗噗地响，热腾腾的蒸汽带出一股米香。那股米香立即在厅堂里弥漫，弥漫到每一个黑暗的角落，让每一个人的肠胃开始蠕动，引发食欲。他们的神情，原先是疲惫、麻木的，但此刻，已经变得十分活跃和丰富，有一种满足但却又有点按捺不住的迫切。他们很专注地盯住锅盖的任何一次动静，但是还得分出心来，去感谢每一个进门来看望他们的人："多谢了，多谢了，多亏你们哟……"

他们双手合十，十分真诚。

那晚，龙江街的人大概和我一样，对那帮外地来的乞丐感到格外新奇。当时我想，这个世界除了我们，大概还有这么一帮人，衣衫褴褛，背井离乡，到处乞讨；而我们就得慷慨解囊，施以援手。

三岔口

我常常要经过那个三岔口。那是去姑妈家的必由之路。

我们龙州城古时便有“百尺石城”之称。只因城中有孤山点缀，城外有群山围绕。明朝大学士解缙有诗曰：“龙州百尺石为城，万户层楼树色青。举纲得鱼沽美酒，满船明月棹歌声。”

同时，龙州因与越南交界，与境外有密切的政治、边贸来往，清朝时这里便是一个重要商埠，并作为专署，驻有海关、法国领事馆等外事机构，故商贾云集，商业繁华，纵横有十八条街之多。但地形多是起伏不平，街道七弯八拐。一条江水曰丽江，瘦而清秀，静而活泼，由西向东从城内流过，城区便分为城南城北两半。

我家住的龙江街，就是城北唯一一条最热闹的临江街，也是整个龙州县城最热闹的两条街之一，电影院、理发铺、渡口、药材铺、马车社、皮革社、收购部、武装部都在那儿。龙江街往西去，接着就是营街，是我三姑妈——我父亲三姐住的地方。营街，原是清朝时期驻守边关的兵营，故得名。与之为邻的一条街叫千总街。千总，领兵官，为正六品武官，千总街就因多居千总家眷而得名。

有一天中午，我和妈妈躺下要睡午觉了，我突然翻身起来闹着要去姑妈家。妈妈说：你想去是吗，那你自己去吧。来，我教你怎么走。

妈妈躺在床上，拿出一枚硬币，把我叫到床前。她将硬币放在席子上立起来，用食指按着，作车轮子状往前推，然后告诉我：如果这是汽车，你看到了，千万不要跑到汽车前面，等汽车过去了你再横过马路，知道了吗？

可以断定，我之前肯定去过姑妈家。我当时也应该有四五岁了，否则妈妈不会给我单独去的。但什么时候去过，已经忘记了。

事实上，无论营街也好，千总街也好，早已失去了当年的肃整和威严，而沦为残破不堪的一片平民区。瓦房、茅草房参差，砖墙斑驳，街道残旧；居民多为引车卖浆、打铁补锅、屠夫贩卒者。我姑妈就是以纳鞋卖鞋为生的。他们一家是我们最亲近、来往最密切的亲戚。

姑妈家居营街的中段，门口右侧正好是一个十字路口。那是一间茅草泥巴房。家庭成员有五人：姑妈、婆婆，还有姐侬（大表姐）、哥细（二表哥）、哥弟（三表哥）几个老表。我们壮族习惯把辈分称谓倒过来念的。如把华哥念成哥华，花姐念姐花。姑爹我从未见过。后来才知道，当时姑爹正在劳改场里劳改。

从那时起，父母就经常送我到姑妈家里住，有托管的意思。说实在，在这个家庭里生活，我感到十分愉快。每天，姑妈去做工了，表姐表哥去读书了，家里就剩下我和婆婆。婆婆，就是姑妈的家婆，表姐表哥的奶奶。在我们这里，凡是祖辈的，男的一律叫阿爷，女的一律叫阿婆。这个婆婆可是大有来历的。她的男人，也就是我表姐表哥的爷爷，是龙州有名的大土匪。邓小平领导的龙州起义爆发后，他从老家下冻乡率领一支有一百来号人的队伍，参加了红八军，任第三纵队队长；后见龙州起义即将失败，加之受人离间，他又率队脱离红军返回老巢，后受国民党招安，任龙州县县长、广西政府参议，是个黑道白道通吃的人物。但是，我见到的那个长着大脸庞、手大脚大、被人叫作“土匪婆”的女人，却是一个勤劳、善良的老人。我与她有些生分，平常不大爱和她说话。我都是一个人在用甘蔗渣做的坐垫上静坐着，看着她扫地、喂鸡、煮饭、补衣服，忙个不停。她一年到头都是穿一套黑色的唐装，背已经驼，整个人呈弓字形，像一只虾公一样卷成一团。所以，我眼前总是出现一团移来移去的黑影。每每到了中午，吃了饭，那团黑影突然停下手里的活，转过头来跟我说，阿霜（我的小名），你睡午觉吧，睡起来了，阿婆给你好嘢吃哦。那团黑影传过来的声音并不温和，是一种命令式的口气，只是节奏放缓了一点。

按习惯我当然遵嘱去睡午觉，并不期望有什么好嘢吃。但每次起来，那团黑影果真给我留了一份零食，不是一节蒸热了的已经削了皮的甘蔗，就是一把煮熟了的花生，或者糍粑、牛耳饼。

到了中午或晚上，姑妈和表姐表哥回来了，我就高兴了。大表姐姐侬脸圆，身胖，我见了就冲她喊：肥侬肥大苟（块），捉来炸猪油……喊罢，我就躲在墙后或门背，看她的反应，姐侬装着生气要追我，我就跑。在一旁纳鞋的姑妈见了，总是笑笑，从不骂我。如果我真的无处可逃了，她还会说，来来来，躲到姑妈这里来，看她敢抓你？

二表哥哥细，是个沉默寡言的人，我从不跟他逗笑。哥弟，和我最亲近，最让我喜欢。夜晚，我们在床上，他常常给我耍魔术，从被窝里一会儿抓出一把玻珠，一会儿掏出一支弹弓，一会儿搜出一顶帽子……我真是佩服得不得了。闹了一晚，入睡了，每次都是姑妈陪我。小孩皮肤嫩，加上到处乱窜，身上难免惹上了跳蚤之类的虫子，一躺下，被窝一热，就浑身发痒。可姑妈从不用指甲给我抓痒，而是用手指尖轻轻地在痒处来回抚，但她不知，这样的抚，反而更痒。

这是一段美好的日子。从时间上推算，应该是在我三岁到五岁之间。我二弟也出生了。我在姑妈家里，无忧无虑，自由愉快。爸爸妈妈从不打骂我，姑妈、婆婆、表哥表姐从不责怪我；我可以随意地在龙江街、营街、千总街上走，不担心被拐卖，被车撞。摄入我眼睛的事物，一切都觉得新鲜和好奇。

但是，自从我能够单独往返于龙江街和营街的时候，一切的人和事，都开始悄悄地发生了变化。

首先，我爸爸又重新消失了。什么时候消失，消失到了哪里，我一概不知。后来忍不住问妈妈，妈妈说，你爸呀，去乡下教书了。那个地方，叫金龙公社，你爸就在金龙中学教书。事实上，我爸爸在我出生之前，就一直在乡下教书。这是我从记事起很少见到他的原因。除了金龙中学，他还到过响水中学、罗回中学，一共做了八年的乡村中学老师。

其次，我姑妈突然成了坏人。

像以往一样，我还是经常独自去姑妈家玩或者住宿。姑妈家后园里有个鱼塘，水很浅，有些鱼虾在里面生活着。不知是哪家邻居，吃完了黄鳝鱼，就把装黄鳝的小竹笼丢到了水塘边。这小笼子是用竹篾编织的，有饭碗这么大，周边密实，上面留有一个圆口子。有一次我卷了裤脚，走进水塘，把小笼子提起来看个究竟，没想到里面竟藏有几条小鱼虾和几只田螺！所以，每次我到姑妈家，首先要做的就是跑到水塘里，把小笼子提起来，看有没有鱼虾。要是有，我就闹着要姑妈给我煎了吃。可姑妈笑笑说，煎什么煎啊，还不够塞牙缝呢，留着给猫吃吧。

坐在火灶旁的像一团黑影的婆婆却把我招了过去：来来来，阿婆给你好嘢吃。她还是像往常一样，不是给我一节甘蔗，就是一把花生。

姑妈家的后院里还有一棵柚子树。那棵柚子树很高大，足足有房顶高；叶子很宽，像大人的手掌，且很浓密，站在树根下，太阳晒不到身子，雨水滴不湿衣服。有一次哥弟贪玩不上学，被姑妈骂，哥弟就躲在树上，让姑妈和婆婆足足找了一天没找着。这棵树很争气，每年都能长出很多的果子。但这树种属土种，果子是酸的，所以我们粤语称为“波辘”，以此与正种的柚子区别。每逢中秋节，两个表哥就爬上树，把波辘摘了。波辘肉酸，没吃几口就不想吃了，但我们会把完整的皮留下。中秋的晚上，我们把波辘皮分四瓣破开，用一条木棍挂着，底部中间插上一根轮胎胶，点燃，做灯笼，然后提着灯笼满街游。波辘皮还可以吃。把波辘皮放到火炭里烧，皮焦了，泡水，焦皮自然脱落，苦味也去掉了；然后切块，焖蒜米豆豉，那色水品相像五花腩一样，好看，好吃，可以哄哄嘴巴，满足食欲。

那天，我又独自去姑妈家。从龙江街到营街，沿街的墙壁、电线杆、树干都贴满了红红绿绿的标语。标语里的字，有很多我是认得的，比如“巩固无产阶级专政”等，有些就不认得。喇叭经常广播，有歌曲，有口号，跟标语的差不多。所以，走在街上，感觉好像天天都在过节似的，热闹得很。

龙江街、营街、千总街交会处是个三岔口，有一片三角地带，比较开阔。平日里，走动的人是很少的。可是那天却突然聚集了很多人，还有一阵赛过一阵的敲锣声。

反正我不急着见姑妈，我就往人堆里挤，看看热闹。刚挤到前面，人堆就突然分开了两边，很自觉地让出了一条道。最先走进这条空道的是两个戴红袖章的人，一个敲铜锣，一个喊口号。后面跟着一连串的人，有十几个，个个都低着头，手被绳子一个接着一个地牵着，胸前挂着一块白色的牌子，上面还写着名字。

这样的情景，近日里在街上常常能看到。那些属于“地、富、反、坏、右”以及“走资派”的人常时不时被拉出来游街。

那是一道奇特的风景。当那些人被拉出来游街的时候，先是引起路人的诧异。路人不知是怎么回事，就怔怔地站着，那些诧异的眼光全都集中投向了那些被游街的人。有好事者就一路跟着，指指点点，细声议论。后来，跟着看热闹的人越来越多，连街都给堵了。被游街的人，开始还抬头看看前面，看看两边，后来就不好意思抬头了。只顾低着头走，常常踩着前面的人的后脚跟。

那天，我不知不觉就被人挤到了前面。那些游街的人，眼睛、鼻子、眉毛被我看得清清楚楚。当时有些热，汗水已经从他们的衣衫里渗了出来，湿了一大片。脸上的汗珠，一滴一滴的，晶莹透亮。

突然，我看见了我姑妈！

我姑妈穿着一套唐装，那衣服已经洗得发白；她的头型，是当时妇女都流行的齐耳根的短发；个子不高，身体微微发福，所以走路有些迟缓。她在侧头悄悄往路边偷窥的那一瞬间，无意看见了我，我们彼此都怔了一下，然后她很快就扭过头去，装着看不见。

以纳鞋为生的姑妈怎么被拉去游街了呢？

我怕认错，就仔细地看了她胸前的牌子，上面写着名字“严秀莲”，没错，严秀莲就是我姑妈。我记得我姑妈的名字。

我突然觉得冷，先是脑袋“轰”地一下昏乱发涨，接着是浑身冒起疙瘩皮，一股凉飕飕的冷气，像无数的蛇一样在我的皮肤上游来滑去。我不想再让姑妈看见我，就转身想退出去。可是，围观的人一个挨着一个，根本没有任何缝隙。我甚至被人群拥着跟着游街的队伍往前行。但我努力地往外挤，终于挤出了人群。

那时候我知道，被挂着牌子游街的人，就是坏人。

怪不得姑妈的目光和我的目光在交会的那瞬间，她快快地避开。她怕我这个外甥认出她这个姑妈而使我难堪，或者不想让我这个外甥看到她现在那个衰样！

我往左右前后看了看，幸好没人认识我，更没人知道我与那个被挂牌游街的妇人是什么关系。

三岔口又恢复了刚才的清冷。

望着渐渐远去的人群，这才发现就我一个人还定定地站在街中。中午的太阳有些猛，晒得我头皮有些麻辣。可我感觉身上还是冷，有无数条蛇仍在皮肤上游来滑去。我不知道是该到姑妈家还是该回家。我只好依照最初的最强烈的感觉，直接回龙江街，回龙江小学，把我看见的情景告诉妈妈。

妈妈并不因为我这一条消息感到意外和吃惊，她只是苦笑一下，说，呜呼，你姑妈挨游街了。

她似乎已经知道了。

我顿时感到脸上没有了光彩。我好像觉得我们家出了一件见不得人的丑事，被人家窥见了，就整日地让人揪着，审视着，蔑视着。有一段时间，我不敢抬头看人，不敢正眼与人对视。我以往的单纯、清净、快乐、幸福的日子，似乎从此消失。我不再是一个被妈妈严密地保护着、宠爱着的孩子，而是像一只刚刚学会走路就被放逐田野的小鸡仔，整天冒着烈日，在草丛里艰难地觅食，不小心被荆棘挂破了柔软的绒毛，虫子将红嫩的身体叮咬得浑身痛痒，到处红斑。遇雨时毛发全湿，躲在树根下直打哆嗦。回望四处，妈妈不见了，同伴不见了，我得自个儿回家。

早年师承弗洛伊德的奥地利著名哲学家、心理学家阿德勒（1876—1937），对人格之研究成果卓越。他特别强调童年最早记忆特别重要。那是一种人格记忆，会直接影响一个人的一生。“记忆绝不会出自偶然：个人从他接受到的，多得无可计数的印象中，选出来记忆的，只有那些他觉得对他处境有重要性的事物”（《阿德勒人格哲学》）。那些重要的事物，能一辈子滞留在脑海里，无法消散。但记忆中如果渗进了不快甚至是痛苦的成分，你的心灵将会慢慢地关上窗户，看不到阳光。然后，你的内心是一片漆黑。

人生有许多三岔口。那个三岔口什么时候出现，那是不可预知的。早来晚来，那都是天意。

那天，在三岔口，我的确感到漆黑一片。

第二章 | 家族之累

人生会有多少个第一次。第一次的意味又是何等的丰富和复杂。它的到来，从来无法预期。也许是一次意外和巧合，也许是一种必然和偶然，也许是一生的宿命和期许……

金龙，那是一个多么好听的地名。那字眼，一“金”一“龙”，至尊至上，历来均为帝王将相专属的文字或物品，霸气十足。其实，金龙就是龙州县的一个普通乡镇，离县城五十来公里，山多地少，处所偏僻。因水田少，旱地多，难产稻谷，故多种植玉米，人畜自然以玉米为主食。“文化大革命”时，知识青年下乡插队，最怕安排去的就是这个地方。天天吃玉米，缺油少盐，肚子寡得很，城里人没几个能扛得住的。我父亲在我读初中时，就常常警告我：你将来插队去了金龙，你就“齐格啦”（粤语，完了）。如果现在你听话，以后我会给你送去头菜炒猪肉，否则，你就在金龙天天吃玉米粥吧！

那个年代，在我们这儿，头菜炒猪肉，已经算是一种美妙无比的佳肴了。父亲拿佳肴来诱惑，又拿一个地名来恐吓，可见那个地方有多么的糟糕，就好像天堂和地狱之间的差别。

其实，金龙还真是一个美丽的地方。早在二十多年前，广西散文家蓝阳春到了此地，写了一篇赞美金龙女子的散文，“金龙美女”名噪一时，金龙才广为人知。再后来，龙州的文化部门在金龙发现了一种在宗教活动中使用的、壮话称为“鼎叮”的民间乐器。此乐器灵巧轻便，形制独特，葫芦琴鼓，梧桐板面，琴头雕刻龙和凤，为龙州乃至左江流域一带壮族最有特色的一种古老弹拨乐器，至今已有上千年历史。经专家挖掘和打造，将古乐器改名为“天琴”，并依托天琴组成了一支乐队，曰“龙州天琴女子弹唱组合”。2003 年在南宁国际民歌艺术节“东南亚风情夜”晚会上，龙州天琴女子弹唱组合因弹唱一曲《唱天谣》，一炮打响，让金龙更是天下闻名。

当年，我父亲在我出生前一年，就到金龙中学教书，一待就是七年。

有一天，我母亲随便地跟我说了声：你爸在金龙乡下孤单，你去陪陪他吧。

“孤单”，我当时不知道是什么意思，但“陪陪”是在一起的意思，这我知道。

金龙乡的集镇就坐落在一个大山凹里。一条砂石路南北向从山凹的左边通过，公路右边则是一片宽阔的地带，靠近公路，有个圩亭，圩亭两旁有两排民房和商铺。在公路边和圩亭之间，有一棵三人都无法合抱的大叶榕，那是集镇最阴凉的地方，来往的班车、货车，带出一团黄色尘土之后，就停在榕树下拉客、卸货或装货了。按那时的龙州民俗，各个乡镇都是三日一圩，只是日子不尽相同罢了。每逢赶集的日子，金龙集镇必定热闹。上午十时左右，从各地赶来的农民，挑着鸡鸭、谷物、蔬菜、农具，直接就到圩亭里或榕树下交易。因金龙与越南只有一山之隔，故边民互市便成了这里一个奇特的景观。人群里，穿着黑色的长衣长裤，身材苗条、长发披肩、腰肢婀娜的妇女，无疑就是越南边民。那时，越南正在与美国打仗，几乎看不到越南男子出现。

往西出了集市不远，有一个山冈，金龙中学就设在那里。从集镇到学校，要爬上近百米的石阶。

金龙中学给我的印象是简陋和简单。校园周边没有围墙，却比龙江街的龙江小学大了几倍。教室就是几排瓦房，教室东头一百米处，有一排宿舍。这排宿舍倒是有些特别，瓦是红的，墙是黄的，看样子十分牢实。住的房间有十间左右，每间七八平米，住的全是老师，有一家几口同住的，有单个住的。我父亲就单个住在最边的那间。

初来时，我还觉得有些新鲜。周边很宽阔，地上长满了草，还有些树林。我可以到草地里到处抓蚂蚱。可抓了几天的蚂蚱，很快我就厌烦了。白天，父亲去上课，一去就是大半天，我就傻傻地待在宿舍里。宿舍只有一个上下铺的床架和一个书桌，别无他物。窗口是木制的，窗框都有些霉烂了，我坐在靠窗的书桌前，往窗外看，先是见到窗前那几棵绿油油的笔挺笔挺的杉树；我认真看了，一共是三棵；那三棵树已经把窗口的视线完全遮蔽。透过杉树的枝丫，才能见到远方。远方是一座座的山，山上林木丰茂，葱茏翠绿，浮云就挂在山尖上。我就靠在椅背上，眼睁睁地看着浮云的变化。那浮云会产生很多形状的。一会儿是几朵蘑菇，一会儿是一群羊，一会儿是几匹马……我一个一个地数，可总也数不清。浮云不知不觉就消散了，却又出现了几只鹰，像几点黑墨在山尖上盘旋……我把这一切重重复复看了一遍又一遍，眼睛都累了，心也烦了，就站在门口等父亲。中午，父亲从饭堂打饭回来，吃完了，休息一会儿，父亲又出门了。吃了晚饭，我以为父亲应该和我待在一起了，像以往一样，给我讲些故事。但父亲总是不大说话，脸阴沉沉的，没有一丝的开朗。有时，天刚刚黑，父亲就哄我上床睡觉。可时间还早，我根本无法睡着，只是眯着眼。他却以为我已经睡着，就起床，点燃一盏油灯，轻轻关上门出去了。出去时，那脸色还是那样，阴沉沉的，没有一丝的开朗。

那年月，大人的表情大致都这样。

有一天夜里，我突然惊醒过来，只见屋里静谧无人，漆黑一片。发现父亲不在，我竟然没哭，且不知哪儿来的胆子，连鞋子都没穿，就翻身起床出门去找父亲。路上没有路灯，我根本看不见脚下的路，就伸出双手慢慢地摸着走。我记得从宿舍往外走只有一条路，可通教室，通往山下的集镇。中间还有些弯曲，旁边有一块小石山。而现在什么都看不见了。我就开始害怕，担心踩着蛇或者坑洼。其实，夜里的物体和白天是一样的，树还是那些树，路还是那段路，教室还是那些教室，只是夜里把所有的情景都蒙上了黑色，黑色能让一切事物从眼前消失，所以人在黑色里，有眼睛而看不到东西，就不由自主地产生恐惧。恐惧有很多来源，比如怕踩到蛇，踩到坑洼，以至于跌倒受伤，或担心在这样的环境里遭到坏人的伏击等。恐惧心理十分有效地影响着人的行为。就算是在白天，你看见前面有个疯子，你会远远躲开疯子才敢前行；你看见那块岩石下曾经出现过一条蛇，你每次路过时都会情不自禁地看一看那岩石你才敢走过。但那晚，恐惧居然无法阻止我寻找父亲。寻找父亲的愿望已经战胜了恐惧。我走出门不久，不远处见有一间教室，汽灯白晃晃地在窗口亮着。看见了光亮，我就不怕了。至少灯光可以告诉我，灯光下必定有人。说不定还有很多的人。那时候，凡是开大会、文艺演出都是用汽灯照明的。汽灯一亮，自然就有人围过来，热闹就开始了。所以我猜想父亲一定在那间有汽灯的教室里，在给学生补课或者开会。想着想着，我很快就靠近教室。可窗口太高，看不到里面的情景，我就攀着窗沿，踮着脚从窗口探头。一晃眼，里面有几十个人，围成一堆，叽叽喳喳地说着什么。我还没看见父亲，踮着的脚已无法支撑，就从窗口滑了下来。我又重新踮起了脚，双手紧紧抓住窗框，伸长脖子往里看。我终于看见了父亲，父亲一个人坐在中间一条长板凳上，低着头，有些木讷。此时，我希望父亲能朝我这边看过来，然后发现我，走出教室将我送回家。但父亲一直低着头，而我恰好发现其他老师正围着他向他怒吼，指指点点。我不知道这是什么情况，只知道此时父亲正受人指责。父母指责我的时候，都是瞪着眼睛，板着面孔，用手点着我的头的。

我缩了回来。

我依着墙，顿时觉得有点冷，就像在三岔口看见姑妈被拉去游街的感觉一样，身上有无数的蛇游来滑去。

我返回家。

找到父亲，我自然高兴。但看见父亲这副模样，我的高兴劲儿很快就被扑灭。我竟然不担心脚下的蛇或者坑洼，脚步坚实而有力地穿过了那片黑暗。我脑子里填满了刚才看见的情景，黑夜是什么感觉全然不知。

那盏汽灯欺骗了我。

第二天，我没有提起昨晚的事，父亲也没说什么。

过了些天，父亲不上课了，带我到野地里放牛。牛是黄牛，比水牛老实，可以在原地里待上一整天吃草而不往外跑。一起放牛的，还有一位年纪与父亲相仿的男老师。那时，父亲反倒变得开朗，和那位老师坐在土包上说说笑笑，他们时不时还捡起身边的石子，一次次地扬臂往前扔。怕我寂寞，父亲就常常请那位老师帮看牛，带着我到别处去找野果。有一种果，指头般大小，呈青色，状如我们男性的皮囊睾丸，在我们这儿就叫卵泡果，无味，但黏黏的，脆脆的，口感好。

夜钓

后来，我年龄稍长，这才明白母亲当初为什么让我来金龙陪父亲。那时候，父亲已经不可避免地遭到批斗。父亲孤身一人在乡下，本来就很孤苦；遭受批斗，那是意外的横祸，不仅增加了孤苦，还要承受意外的惊吓和痛苦。这正是母亲为什么让一个本该要大人陪伴的小孩反去陪伴大人的缘故。

这时候，三表哥哥细来了。不知他是来陪我父亲的还是来玩的。

哥细还是寡言少语。白天就我们俩在家，但我们彼此都很少说话。洗洗衣服，扫扫地；吃饭时，从学校饭堂打回三个人的饭，这就是他白天的工作。

但到了夜晚，他就极其活跃。吃完了饭，天刚擦黑，他就拿着一支电筒和一把指头粗的竹子出去了。这竹子有十来根，每截有一米长，都绑有一条白色的细线。他每次都是在我睡着之后才回来的。他睡在上架，他爬上床的摇晃我是感觉得到的。

第二天一早，我醒来起床，发现床边放着一个洗脸盆，盆里有大大小小七八条鱼！它们还在浅浅的水里拥挤着游呢。

原来，哥细是在搞夜钓。

金龙一带水泽丰富，水库、野塘、山溪，到处都是，水里的鱼也很多。但那时的人嘴不馋，没什么人懂得去捕捉。

哥细来金龙没几天，哪里有水，哪里有鱼，他已把情况摸得一清二楚。花了一天的时间，他就把渔竿、鱼钩就准备好了。

夜钓一般是钓无鳞鱼，如塘角鱼、黄鳝鱼、鲶鱼、纳锥鱼、水鱼等，这类鱼喜欢吃腥味重的动物内脏，而且吃得狠，一口就吞到肚子里，所以容易被钩住。把渔竿插在岸边的泥土里，把鱼饵放到水里，第二天一早去收钓就是了，一般不会放空钓。

哥细都是早上天未亮就起来收钓了。父亲出门去学校的时候就交代他一句，阿细，中午你把那鱼煮了。

哥细在吃饭前就在那三棵杉树下架起了锅，用柴火把鱼煮了。鱼吃完了，第二天他再去放钓。

父亲童年的异乡生活

细细地寻究父亲的家庭背景，才知道父亲其实是一个苦命的孩子。

父亲的老家是在龙州西北向的逐卜乡，离县城三十多公里。新中国成立前，严家在逐卜乡是个大地主。据我父亲说，那时他们家有水田数亩，鱼塘数张，养有几个家丁，藏有驳壳枪一支。有一次，因他大姐在村里参赌，他恼羞成怒，抄起他父亲的驳壳枪，追着他大姐要开枪。要不是他大姐跑得快，他年幼跑得慢，他大姐恐怕没命了。

父亲有一个大哥，三个姐姐，一个妹妹。大哥是中共地下党员，1949 年龙州解放前夕被国民党当局杀害。大姐在上龙乡务农，已故；二姐嫁往博白县，已故；三姐就是前面提到的三姑妈，十年前已故；四妹，现仍健在。

父亲从小受他大哥——我的大伯影响，喜欢读书。但上初中时，不得不离开家乡，到邻县大新县城雷平镇读书。因为那时临近解放，作为地下党的大伯，已经忘乎所以，将地下活动几近公开化了。我爷爷有先见之明，知道这个儿子活不长了，于是，就把第二个儿子——我的父亲转移到别处，以备不测。

大新县雷平街上有我父亲的亲姑姑在那儿。她是从老家龙州逐卜嫁过来的，住在雷平街上，开了个食品摊维持生计。

离开家乡，父亲的苦日子就开始了。住在姑姑家里，他每天吃的都是白粥白饭就青菜，几乎没碰过荤腥。而他的姑姑就是个小贩，在门口摆摊，专卖粉、粥、包子，姑姑竟没给他吃过一次！十多岁的父亲，每次进进出出门口，看见那摊面上，雪白的包子，洁白的粉条，油汪汪的肉粥，以及做配菜用的叉烧、油条、花生，惹得他口水直流。浓郁的肉香味和粉汤味却不解人意，每一次都是热情满腔地直扑向父亲，专注地钻入他的鼻孔，将他的味蕾捣得翻江倒海，不堪忍受。但他只能顶住诱惑，视而不见，拂袖而过。

父亲不怕学习之苦，但怕出入姑姑家门之累。

去年，七十七岁的老父亲因脑血栓住了两次院，动了一次手术；今年年初，又因膀胱炎住院动了两次手术。我知道老人总有离去的时候，只是迟早的问题。所以，在医院为父亲守夜的时候，我就不断地问他过去的事情——我想知道他的往事，留住他的往事，而他平常几乎不跟别人谈自己的往事。在谈到去雷平求学的那段经历时，他说出了一个可怜的细节：

有一天，他放学回来，路过他姑姑卧室时，听到里面有响动。他忍不住往门缝里瞄了一眼，看见姑姑正将一碟煮熟的排骨偷偷放在菜篮里，往墙壁上挂。他回到了自己的房间，打开了作业本，想把余下的作业做了。可作业本上，全摆铺满了一粒一粒黄澄澄油晃晃的排骨，怎样抖也抖不掉。豆豉焖排骨的香味，竟从姑姑的房里绕了过来，又飘落到他的作业本上。他完全看不清书本上和作业本上的字，而在他眼前飘来拂去的全是排骨的香味！要是在自己家里，这样的味道根本不足为奇，但出来大半年了，还是第一次闻到啊！他实在难以忍受，收起了课本和作业本，下决心一定要吃这排骨。

这应该算是偷吃，但父亲已经没有这个概念了。他觉得可以吃，应该吃。他到厨房装了一碗剩饭，径直进入姑姑的房间，踏上凳子，把那碟排骨拿下来，放在木箱上，吃将起来。

那是一股多么熟悉而又久违的香味啊！咬一口，肉层里的油竟能“吱”一声冒出来，充塞着口腔，激发着味蕾，让他食欲大开，沉醉其中！一阵咀嚼之后，将饭菜慢慢咽进了肠胃，一种满足、惬意和酣畅的感觉，通透全身。

在门口卖东西的姑姑大概听到了响声，撩开门帘走了进来，看见这个侄儿正在狼吞虎咽偷吃她的东西，气得破口大骂。

父亲感觉背后有一个黑影进来，并有一阵阵尖利刺耳的吼声，不由得激灵了一下，但马上镇静下来，连头也不回，很从容地吃他的排骨。此时，他已经是“死猪不怕滚水烫”了，一副厚颜无耻的样子。

半年之后，有一天，他姑姑拿来一袋大米，放在他的跟前，说，我们家很困难了，你拿这袋米去吧。

“去吧”，那是一种客气的说法，就是“走吧”“离开吧”“滚吧”的意思。

我父亲就拿着这袋米到同学家寄宿去了。

“我姑姑那个房子还是你爷爷给她钱起的呢！她竟这样对待我哟！”在医院里，躺在病床上的父亲这样跟我说。

三十多年前，我在南宁参加高考补习的时候，正好遇到我父亲来南宁参加广西作家协会举办的文学讲习班。他好几次带我去南宁市畜牧研究所见了他的表妹——他姑姑的女儿。我父亲的表妹也就是我的表姑，有一次她独自跟我说，唉，当年我妈实在对不起你爸，但也没办法喽，那个年代大家都有难处……

表姑的话证实了我父亲说的事实没有假。

那时是20世纪80年代初，大家的生活还不富裕，但我表姑所在的单位条件却很好。畜牧研究所，顾名思义，就是研究畜生的。将畜生研究完了，就将这些没用的畜生宰了，分了。我表姑虽然只是个工人，但常常能分到猪肉、牛肉、鸡肉等食品，日子滋润得很。我们每次去，表姑必定毫不吝啬地备上好菜招待我们。

表姑做得最好的菜是扣肉。

还是奥地利人辛德勒说得好："儿童在灵魂发展过程中所遭遇的障碍，通常会造成令人不知所措的或扭曲的社会感。这些障碍有来自其环境的缺失，比如经济、社会、种族、家庭环境的不正常关系，也有来自他身体器官的缺陷。"不同的生存环境，造就了个人不同的人格。环境恶劣，而使人性扭曲，情有可原；而环境优良，人性扭曲，则为人不齿。如此品性，当世不乏其人。

事实上，我父亲后来面临的情况更加艰难。

新中国成立后不久，我父亲老家逐卜乡的农会，打算派人把我父亲从大新雷平带回来。好在农会里有个穷亲戚，帮了严家讲话，人家才十几岁，还在读书，也没剥削过人，不应该杀嘛。农会的领导也找不出什么理由，就没有把父亲抓回来。如果农会坚决一点，如果农会里没有我们的亲戚，那我父亲必死无疑。

这个细节，是我姑妈以及逐卜那位穷亲戚多年前跟我讲的。

大伯之死

我大伯原名严毓衎，又名严霜，小名叫阿丁，自小天资聪颖，尤善文科。读高中时考上了南宁中学。在南宁读书时，他便接受了马列主义影响，并与共产党人接触，思想进步。每逢假期回乡，他都带回一些进步书籍分给乡里的进步青年阅读。遇到中秋或春节这样的大节日，他不与家里商量，就开放家中的鱼塘，免费让全村的小孩来钓鱼，谁钓的，谁拿走。对他的举动，他父母奈之不得，称之为“败家仔”了事。

高中毕业，大伯考上岭南大学，也就是后来的中山大学。但他热衷于革命，已不能自拔，并秘密加入了共产党，为此他放弃学业，放弃热恋中的女友，留在家乡搞地下工作。那段时间，他过的是一种颠沛流离的生活。为了寻找组织，或躲避追捕，他流浪南宁街头，找同学寄宿，蹭饭吃。有时候，夏天到了，他还穿着冬天的衣服，或冬天到了，他还穿着单衣。头发长，衣服脏，这是人们对他的印象。

我见过大伯的照片。那是一张半身照，他梳着大包头，大眼睛，高鼻梁，潇洒，英俊，看不出有半点儿的邋遢。

在最稳定的时候，就是他在县报《龙州日报》工作之时。那时他做主笔，以“阿丁”“严霜”等笔名发表诗文。但他性格外露，过于张扬。有一次，土匪头黄飞虎路过逐卜，在严家小坐，见我大伯的三妹乖巧漂亮，便提出要三妹嫁给他的儿子。那个黄飞虎，当时是龙州有名的大土匪，有一百多人枪。平时干的是打家劫舍的勾当，很有威势。我大伯一向厌恶霸道和权贵，坚决反对。但家人迫于压力，顺从了。顺从的原因就是希望得到黄飞虎的保护。三妹出嫁的那天，我大伯出走了，但在婚宴开始时，他又返回，闯入席中大骂黄飞虎。有一年，我回老家扫墓，遇到一位八十多岁的我大伯的玩伴。老人说，那年，他们几个好友在县里一个饭店吃饭，邻桌正好是县长一干人。那些人都是一副得意样，吵吵嚷嚷，目中无人，我大伯看不过眼，竟对着他们高声言道：哼哼，别嚣张，你们这样的日子没几天了……

大伯一贯的表现，自然招致当局的憎恨。他一共被抓了三次。每次都因为得到开明人士或他妹夫的父亲，即我三姑妈的家公黄飞虎的帮助保释了。为了赎他，自己家也花费了不少的钱财。其时，曾经参加红八军后又投靠国民党的大土匪黄飞虎已是广西政府参议员，因权力和人情几次保住了我大伯的命。

第四次，我大伯则难逃厄运了。那时，他的身份完全暴露，不得不逃出县外参加游击队。但走到邻县宁明交界时，遇到洪水，无法过江，而身上盘缠已尽，不得不返回，并通过熟人告知他三妹夫，务必带足银两，于某月某日某时在龙江茶楼相见。那晚，大伯的三妹夫，也就是我的姑爹跟我爷爷要了钱，按时来到龙江茶楼，但为时晚矣，只见茶楼楼底周围布满了便衣，我姑爹根本无法也不敢进去。不一会儿，我大伯出来了，姑爹躲在远处，眼睁睁地看着我大伯被便衣五花大绑给带走了。

狱中，我大伯始终改不了他张扬的性格。他大声唱歌以示反抗，或写诗歌，谱上曲让狱友传唱。他把他写的诗歌，偷偷让给他送饭的三妹带出来。同时，他在耐心又满怀信心地等待着同志们的营救，等待解放军的解放。但最终他等不到这一天了。1949 年 8 月的一天，大伯被杀害了，行刑的地点就在龙州城最大的圩亭——新田地旁的青龙桥下。那个地方，历来是当局处置死囚的地方。因为那里人口密集，是县城政治、经济、文化中心，在此行刑，可以杀一儆百，以儆效尤。次日，我三姑妈去收尸时，发现大伯全身乌黑，没有一块好皮肉。那是被老虎凳电的。其时，大伯年仅 28 岁。

这一次，没有谁能救得了大伯。一是严家的靠山黄飞虎已经过世，二是临近解放，当局无论如何也要杀掉一批顽固的共产党分子。大伯当然难逃厄运了。当年，在调查我大伯的历史时，县有关部门的有关人员提出质疑，我大伯被逮捕三次放了三次，说明我大伯已向敌人坦白自首了，不算是革命烈士。直到 1990 年，经我父亲多方努力，找到了当年登报枪毙我大伯等人的那张报纸，我大伯才被追认为革命烈士，其墓碑就安放在龙州县革命烈士陵园内。

我父亲笔名严小丁。我原来的名字叫严霜。后来我才明白，为了纪念大伯，父亲给我起的名字，都是大伯用过的笔名。可惜的是，我的名后来改了现在的名字。

仅凭这段家庭历史，我父亲在“文化大革命”中被批斗就不足为奇了。所以，在金龙中学，很多知道我们底细的老师对我们要么是冷眼相向，要么是不冷不热。我到金龙这么久，基本一个人独处，没人跟我说话，没人跟我玩，我就只认识我父亲，以及窗外的杉树、远山、浮云和空气……

三棵杉树

那三棵杉树是谁种的?

那三棵杉树是什么时候种的?

父亲不在的时候，我就坐在书桌前，长时间地看着窗前的三棵杉树出神，然后想着这两个问题。

这是谁都无法回答的两个问题。

后来什么都不想了，就只看杉树。

杉树齐屋顶高，彼此挨得很紧，树丫掺着树丫。树上有些果子，黑黑的，肉丸子这么大，时不时掉一两个下来，“噗噗”地响。下雨的时候，杉树的叶子像泡过油似的，亮亮的，油油的，坠得厉害；水珠子“嘚嘚嘚”地滴，满世界都是这个声音。雨停了，鸟就从不同的方向飞来，有时是一双，有时是一群；要么觅食，要么啼叫，要么小憩。有些落得低矮，发现了窗口里的我，一个惊叫，噗啦一声飞走了。树枝一抖，叶子上的雨珠就“嘚啦嘚啦”地落下。

大概下课时间了，老师纷纷回来，宿舍就有了人声和开门声。大多是从我的窗口路过，发现窗口里有个小孩，有的就突然止步，回头看一眼，笑一笑；有的根本没有任何表情，走过去了。

我很怕看见一个老师的眼睛。他的眼睛，不大不小，和正常人一样。但他的眼珠不是黑的，而是灰黄色的；眼珠周边，白中也泛黄。他和我们碰面，都是一晃而过，从不跟我们说话，连一个微笑也没有，脸色永远是灰灰冷冷的。一个从不说话却又彼此认识的人，用一颗灰黄色的黄眼珠看你，那是很不自在的。而且，他的眼神很坚定，很专注，很冷漠，似乎能把你看穿看透。我就常常被他这样的目光注视，感到害怕，感到无助，感到六神无主。但我又不知道如何向父亲表达这种害怕。所以，在金龙，我因为这样的眼睛而害怕白天，因为教室的汽灯而害怕黑夜。

有一天，几个老师在我家门前的那几棵杉树下下棋。那个黄眼珠也在。下了几盘，他们累了，都伸了伸懒腰，要散了。突然，黄眼珠说："噢，今天我来了客咧，要杀鸡呢。"有几只项鸡就在他们旁边觅食。有老师说："喏，那不是你的鸡嘛。"黄眼珠试图去抓，但他一靠近，鸡就跑了。黄眼珠想一想，转身进屋，不一会儿拿出一支风枪，往那几只鸡瞄了瞄，只听见"噗"的一声，其中一只脑袋中弹倒地，翅膀拍打了几下，死了。黄眼珠收起枪，提着鸡脚，回家去了。

我从没见过这样宰鸡的呀！

但那次我竟看见黄眼珠第一次露出了很灿烂的笑容。

我读初中的时候，黄眼珠调到了县教师进修学校。那是我到一个玩伴家里玩的时候看见的。我看见他的时候，他的眼球依然是灰白泛黄，依然用那种坚定、专注、冷漠的眼神看人。但那种神情明显已经苍老，乏力，已不足以让我害怕。估计他已经记不得我了，但我永远记得他。

岁月是很公正的。

一个人不再让别人害怕，说明他衰老了。

一个人记不起熟人了，说明他真的老了。

而我正年轻着。

有一次父亲不在家，隔壁一位年轻的老师便推门进来，跟我聊了几句，便自个儿从裤裆里掏出自己的物件，在我面前摆弄起来。我就坐在床边，他的举动都在我的视野中，我看不是，不看也不是，怎样也无法避开。那时我已经有了羞耻之心。平时爸妈都教过我，被人看见自己的小鸡鸡，那是不好的。所以我知道，那个老师这样弄自己的大鸡鸡，那应该是一件很丑很丑的事情。

我十分艰苦地度过了这难熬的几分钟。父亲回来之后，我不敢把所发生的事告诉他。

过了不久，有一天，那位老师突然在宿舍里被警察抓走了。吃过晚饭，有几位老师站在杉树下议论纷纷：唉，难为薛老师了，年纪轻轻的，老婆不在身边，那东西就不老实了……

后来才知道，那位薛老师在别人家也做这样的动作，别的孩子告诉了家长，家长告诉了派出所。

此后再也没有见到薛老师了。

在金龙中学，倒是有两个人我是很喜欢的。

一个是父亲的学生。那个学生常常到宿舍里来，与父亲聊天。那时候，我已经隐隐约约知道，父亲在学校是一个有错误的人，不受欢迎的人。有人能够做出和我父亲交往的举动，那已经是很不容易了。有一次，父亲和学生竟然在光天化日之下，就在门口的杉树旁，互相帮剪头发。先是学生给父亲剪，父亲坐在椅子上，学生给他披上了理发专用的白色围裙，父亲整个身体不见了，只露出一个脑袋。学生就按着父亲的脑袋，从下往上慢慢地推着剪，父亲一团一团的黑发就掉落在围裙上，越积越多，最后聚作一团又滚落在地。他们面对着我家的门口，我坐在门槛上面对着他们。我看见他们背后的杉树又高又直，树叶青翠欲滴。透过树干和树叶，远处的山一峰连着一峰，山上的树木比我眼前的杉树还绿。我在想，山上的树也是杉树吗？

那天天气很好，有一丝丝的暖阳。

唯一和我玩的老师，是蒙老师。他身体略瘦，头发开始有点白了。脸形是方方的，笑时眼角有皱纹。当时应该有四十来岁了吧。我记得当年他第一次来找我玩时，他穿的是一件灰色的衬衣。那天，父亲不在，他路过宿舍，见我蹲在门口，跟我聊了几句，然后说，你会装鸟吗？我摇摇头。他说，装鸟好玩哦，蒙老师明天教你装斑鸠。

第二天，蒙老师果真来了，带来了一根细细的马尾，还有一个他自己用芒草秆做成的“⌣”形装鸟架，有大人的巴掌大。他把我带到不远处的玉米地里，蹲下，拿出那根马尾，一头做了一个活套，另一头绑在一根五寸长的树枝上，然后把树枝插在地下，固定。接着，他放下装鸟架，把活套搭在架上，马上给我示范：“斑鸠爱吃玉米。”他从口袋里拿出几颗玉米放在活结内的地面上，“斑鸠一飞过来，看见了玉米，肯定下来吃，一啄，一啄，脖子碰到套子，套子一收缩，慢慢就被活套套住了。”他用食指作啄米状，那食指果然被马尾结套住了。

装下鸟套后，我每一天就不再寂寞了。我一烦闷的时候，就想到玉米地里的鸟套。那鸟套装得鸟了吗？那鸟会是什么样子的呢？如果是活的，那该怎么养呢？想着，我就兴冲冲地跑去看，可鸟套原封不动，空空如也。

我每天就这样来来回回地跑去看，但总是失望。而它却是一种希冀，让我每一天都能产生梦想。

直到长大成人，我都没有忘记这两个人。有一年，我还读小学的时候，蒙老师突然来访，不仅父母热情招待他，连我都感到特别高兴。那时蒙老师头发全白了，身体有些消瘦，皱纹也很多。我工作后，有一次出差龙州，在邮电局打长话时，竟意外遇到在此地工作的当年帮我父亲理发的那位学生。我提起他和我父亲理发的事，问他“当时你不怕吗”，他说：怕什么，我喜欢你爸，他的语文课上得最好。

他姓农。微胖，秃顶了。

还有一位当时未曾谋面的哥哥。

父亲说，在金龙，他当时已经被关进“牛棚”，不准上课了。有一天中午，学校里来了个解放军，要见我父亲。学校领导先打量了他一番，迟疑了半天才冷冷地说了一句：他到外面劳动了，还没回。

来人就出了校门沿着大路去找。那时刚好下些蒙蒙细雨，远山、田野裹着一层烟雾，一片灰白。刚出了集镇，见远处的野地里，走来了五六个肩扛锄头、排成一行的白面书生，后面还跟着两个背着步枪的民兵。那些人的头发、衣服都湿了，缩着身子，抖抖瑟瑟的样子。来人迎了上去，见到了我父亲，他们彼此对视了一下，都停下脚步，准备要走向对方。

后面的民兵见了，便一齐上前阻止来人："他是你什么人？"来人说："他是我叔叔。"民兵又说，此人已被管制，你不知道吗？来人说，我知道，所以我才大老远来要见他。民兵说不行。来人又说，那我也给你们说白了，今天给见也见，不给见也见。说罢，他还有意提了提插在腰间的胀鼓鼓的手枪。那时，解放军在全中国是最受人尊敬和信赖的人物，谁都不敢冒犯。民兵无奈，只得退了出去，来人和我父亲就站在路边交谈。

父亲简直不敢相信，那时候还有人敢来看他。那种意外，使他射出的目光是局促、惶恐的，嘴巴喃喃说不出完整的话。肩上的锄头，放下了又扛上，扛上了又放下。他木木地站在路边，怔怔地看着来人，手足无措。

那位解放军是我们老家逐卜的一个同族兄弟，叫严崇基。当时是解放军某部副连长。按辈分他叫父亲作叔叔，我叫他作哥。那次，他和我父亲寒暄几句，就匆匆分手了。望着父亲委琐的身影，他也不由得生出一些悲凉来。他转业后，在南宁市某国营五金公司工作。直到 20 世纪 80 年代末我结婚时，父母介绍我去他那里买电视机，我才见到这位传说中的哥哥。他年长我二十多岁，长得高大、壮实，英气十足。想必当年金龙中学的领导一定被他的架势镇住了，否则就不会有关于他的传说。到现在，他应该有七十多岁了吧。

过了一两年，我得从金龙回城了。当时我已接近 7 岁，准备入学了。

第三章 | 乡野的忧郁

陈老师的话绝对是至理名言，但至理名言无法激励所有的人。对我表哥而言，这句话撒在他身上就不起作用。他的生活经历证明了，他头顶上的天永远都在下雨。至今也是，而且越下越大。

大雨小雨

我母亲从龙江小学调到了城郊的朝阳小学。也就是说，我们从此到朝阳小学住了。

这是一所新建的学校，在城北的东郊，离城区一两公里远。那一带都是农村，东有谷扣，南有高潮两个村包绕着，故而校园四周全是农田，东边地属谷扣，是农家的自留地。各自的地都分别用竹子、柴枝、芦苇栏隔起来，成了一小块一小块的菜园子。每家所种的菜种各有不同，蕹菜、苦瓜、冬瓜、芥菜、韭菜等，应有尽有。每到黄昏，农家从生产队里收工，就回到自己的自留地里护理蔬菜。挑水的，锄地的，松土的，灭虫的。天黑了，活也干完了，彼此招呼一声，就各自回家。

西边的地属高潮，是集体土地。这里的地离村子较远，所以多种那些不用天天护理的农作物，如水稻、玉米、甘蔗、高粱等。这些农作物，往往都是大片面积种植的。种植前，农人便把牛牵过来，把地翻一遍，种水稻时就放水，土软后把土耙碎，插上秧苗；种玉米时，把土耙碎后平整，开出行来，然后撒种。不多时，那一片地就郁郁葱葱的了。

学校宿舍也只有一排砖瓦房，七八个房间，每间十来平米，中间用一堵墙分隔成两间。门前有茅草和木板搭成的一排厨房，每家一间。我们家就分在西边的第二间。住在这里的老师，都是因为没有私房才住校的。

我记得这排宿舍刚建不久，周边还堆有厚厚的新土没有清除。就是在这个地方，每逢暑假、寒假，我都被送到农村那里。

农村里，有一个叫彬桥公社彬迎大队的地方，我姑妈一家在那儿插队落户。我姑妈、三表哥哥弟和婆婆在谷容生产队。大表姐和二表哥则分在另外的生产队。那儿离龙州县城有十来公里远。

1968 年 12 月 22 日，《人民日报》发表《我们也有两只手，不在城里吃闲饭!》的编者按语。在介绍了甘肃省会宁县城镇的一些居民，包括一批知识青年到农村安家落户的事迹后，引述毛泽东的指示："知识青年到农村去，接受贫下中农再教育，很有必要。要说服城里干部和其他人，把自己初中、高中、大学毕业的子女送到乡下去，来一个动员。各地农村的同志应当欢迎他们去"。随即在全国各地开展了知识青年"上山下乡"运动，大批城市知识青年下放到了农村劳动。"知识青年到农村去，接受贫下中农再教育，很有必要"，以及"农村是个广阔天地，在那里是大有作为的"和"广阔天地炼红心"就是当时响遍天下的典型口号。

我记得我还在姑妈家住的时候，见过有好几个晚上，居委会把所有的居民集中在十字路口，训了一遍话之后，就无数遍地让大家呼喊这样的口号。过了十来天，也就是 1969 年元月 27 日，我姑妈一家带着所有的行李和农具，到农村插队落户了。这个详细的日子，是我表哥新近告诉我的。四十多年了，他竟然记得。

可我不明白父母为什么送我到姑妈那里去。我也记不得当时是谁送我去。但我记得我第一次到的时候是很高兴的。吃了晚饭，家里点上了油灯，大人们各忙各的去了。我独自躺在床上，跷着腿，静听屋外的声音：窗口外面的柴垛里，有蟋蟀的啼鸣；很远的地方，有孤单的夜鸟划过，留下"啁……啁……"十分凄凉的残音。不知哪家的狗，叫了又停，停了又叫。忽然，门板"嘭"的一声响，门口里挤进了几个小孩，微微笑着看我。有个最小的不敢笑，只把手指头塞在嘴里啃。后面的人想往前一些，就将前面的人往前推，而前面的人却用脚撑着不敢往前来。他们好像发现了一个新动物，都争着来看。我说进来啊。我说的是白话，估计他们听得懂，所以这才慢慢走到我的跟前。

他们进来的第一个动作，就是往自己的口袋里掏东西。掏出来的，是洗净了的头菜片、花生、萝卜干，一个个地递给我。“根啊。”他们说。这是壮话，我听得懂，是“吃啊”的意思。我就拿起其中一样吃了，他们“哧哧哧”地笑着跑出去了。

这是我第一次接触到的农村小朋友。

毕竟是小孩，没几天我就烦了。姑妈看出了我的心思，在哄我睡觉的时候，说：“明天啊，叫你哥弟带你去掏鸟窝。”我说哪里有鸟窝啊？姑妈说，我们村上有，就在那棵大榕树上，是老鹰的窝呢！鸟仔就像小鸡仔那么大……

姑妈还像在营街的时候那样，在哄我睡觉时，习惯用手指尖的肉而不是指甲轻轻地给我挠痒。我翻了几个身就睡着了。但那晚，不管姑妈怎样哄，怎样挠，我脑子里总想着大榕树上那窝像小鸡那样的小鹰。我想等哥弟给我掏下来之后，我怎样喂养它们，让它们长得像鸡那样大，然后时时跟着我到处晃荡。

可天一亮，哥弟下田去了。

我还是忘不掉树上那窝小鸡那样大的小鹰。我就独自到村里去，找到了那棵大榕树。抬头望，什么也看不见。倒有几个小青年，要凑过来跟我讲话。我只会讲白话，不会壮话。他们要教我讲壮话，他们问，现在你肚子饿了没？我说饿了，他们说那你回家了要跟大人说“根喂”，他们肯定煎鸡蛋给你吃。

回家见了姑妈，我第一句话就说，姑妈，我要“根喂”。姑妈一听吓了一跳，“嗨！谁教你的？”收工回来的表哥在一旁竟乐得哈哈大笑，连一向不苟言笑的婆婆也在呵呵地笑。

后来我才知道，壮话“根喂”是一句粗话，是“吃卵”的意思。这是我学会的第一句壮话。

姑妈和表哥把我嘲笑了几天之后，我渐渐就把树上的小鹰给忘了。

第一次到农村就这样了，简单，无知，懵懂，快乐。

第二次去，却又多了些生活的含义。

那一天，父亲专程从金龙中学赶回来，在朝阳小学住了一晚，第二天向别人借了一辆单车，大约中午时分，就将我和二弟驮着去了。陪同去的还有我母亲。父亲车技不精，不敢同时搭载我两兄弟和母亲，所以，我们坐在车尾，父亲把着车头在前面推，母亲则跟随一旁，走了三四个小时便到。父母把我们交给姑妈，仅仅喝了一口水，转身马上返回了。

姑妈家是一间茅草屋，是向隔壁的农家借的。大大的一间，蛮宽敞的。夏天里，茅草屋特别阴凉，我和弟弟进了屋，稍坐了一下，消了暑，解了乏，但此时，我们俩好像都带着心事，心身都安顿不下来。我们就走到门槛上，坐下来。

门口有块空地，是晒谷物的晒场。再往前，在晒场边有一棵黄皮果树和一棵龙眼果树。有一群鸡在树根下纳凉，清理羽毛。树顶上，远处的云朵突然变黑了，像沾了墨，一团一团的。而且，它们正在急促地向我们这边飘来。雷声也跟着响了，带有刺眼的闪电。那个一年四季都穿黑色唐装的婆婆，弓着腰走出来，用几个箩筐收拾晒场上的黄豆和花生，并朝我们喊：傻仔，天落水喽，快入屋坐啊，等下就挨淋湿了哦……

我们没有进屋，只是各自拿了一个甘蔗渣坐垫分别坐在门槛的两边，给婆婆让出一个道来。果真就下起了暴雨。先是很远的地方下，还可以看见天上一条条灰白的雨丝往下挂。黑色的婆婆像一团黑球，来回在我们眼前滚来滚去，很快就把东西收拾完了。接着雨就来到我们这里。那时是下午五点左右，我和二弟依然坐着，怯生生地望着远方，没有说话。刚才还在树根纳凉的鸡都火急火燎地跑回来了，全躲在屋檐底下，一只挨着一只，排成一溜。雨水一柱一柱地不停地沿着屋檐往下流，溅起的水珠，淋湿了我们的脚，也淋湿了屋檐下的那一溜鸡。那一溜鸡一个个缩着脖子，耷拉着翅膀，羽毛水淋淋的，已无半点生气。

我望着灰蒙蒙的天，突然想到父母。

按这个时间，他们大概走到了半路。路边都是庄稼，偶尔有些树木，没地方躲避，他们肯定被雨淋湿了。那么，他们是否继续踩单车？这么大的雨，山洪很快就会来的，要经过的几条水沟，要是涨了水，他们肯定过不去。或者他们刚过水沟，山洪就冲来了，他们会不会被冲走？再过一会儿，天就黑了，看不到路，他们能回得到家吗？

想着这些乱七八糟的可能，我就很郁闷。

这是我和二弟进了姑妈家之后却久久无法将心安顿的缘故。但这种心绪一直延长到我们返回龙州城，这就成了我第一次产生的沉重而长久的牵挂。这种牵挂太久了，就发酵成忧郁。我当时刚上完小学一年级，头脑简单，并不知道这回家的路有多遥远，这即将来临的黑夜会不会暗藏什么杀机，夺了父母的命，也不知道一场暴雨其实是无法阻挡作为成年人的父母回家的脚步的。

这里的生活和在营街时的生活是差不多的。每天姑妈和表哥都外出做工，婆婆就在家管我们。婆婆还是那样，她的身影离不开灶台、猪栏、鸡窝。她整天忙忙碌碌，很少说话。每到中午，就会跟我们说，睡午觉哦，睡起来了，婆婆给好嘢吃。果真也给，而且比在营街时还多出了几个品种：木薯、番薯、龙眼、芭蕉。那是农村随时可以找到的零食。但已经没有营街那样好玩了。姑妈一直叮嘱我们：我们的家庭不同别人，你们不能跟村里的孩子玩太多，不能跟大人说话。估计姑妈生怕我们说错了话，惹事。

姑妈这个担忧是有道理的。

有一天，生产队集中社员在仓库里剥花生。姑妈和表哥参加，也把我带去了。仓库是一间大大的瓦房，地面清空了，可容下百把人。一眼看去，男女老少都蹲在那儿，手里不停地剥花生。我和姑妈、表哥选了个地方蹲下，将花生一颗颗地剥了放进筐里。我不时看见旁边的人，久不久就将花生籽放到嘴里，偷偷吃。表哥见了，就对我说，你想吃就吃吧。姑妈听见，对着表哥眼一瞪，压低嗓门说，你想死啊！要吃回家吃。

表哥那时才十几岁，并不知道偷吃花生的后果。而姑妈深知，别人怎么吃都没事，我们吃就会是一个罪状，批斗会上自然有人给你列举。她知道，像我们这样的身世，只能老老实实做人，不能乱说乱动。所以，她时时刻刻都表现出已经臣服，已经顺从，她只能唯唯诺诺苟且地活着。

第二次来到农村，我已经感觉不到任何的快乐了。第一次我独自来时，还因为姑妈的哄骗而产生过一种期待：拥有像小鸡仔那样大的小鹰，让我把它们养大，而后带着它们到处晃荡。这样的期待竟维持了很久。而现在，什么都没有了。我每天面对的是门口的晒场，一棵龙眼树，一棵黄皮果树，还有黑影婆婆给我们规定的午睡。

作家们有各种各样关于雨的描写。不同的写法表达了不同的情绪。有惬意美好的，有凄迷苦楚的。词曰："昨夜雨疏风骤，浓睡不消残酒。试问卷帘人，却道海棠依旧。知否，知否？应是绿肥红瘦"（李清照《如梦令》）。那是在一种适意生活中半遮半掩流露出来的满足。"天街小雨润如酥，草色遥看近却无。最是一年春好处，绝胜烟柳满皇都"（韩愈《早春》）。那是对春雨极端的赞美。又有文曰："雨，像银灰色黏湿的蛛丝，织成一片轻柔的网，网住了整个秋的世界。天也是暗沉沉的，像古老的住宅里缠满着蛛丝网的屋顶。那堆在天上的灰白色的云片，就像屋顶上剥落的白粉"（张爱玲《秋雨》）。那又是一种沾满愁绪的情怀了。

在乡下，在农人的眼里，雨的内涵和意义是最简单和直接的。二、三月，春耕了，下足了雨水，将水田灌满了，农人就好耙地插秧；四、五月，再来一阵足够的雨水，将地里的庄稼喂得饱饱的，好让稻谷、玉米灌浆；九、十月，可不能再来大雨了，这样会把成熟的庄稼泡坏……

我可没有那么多想法。雨就是雨，下不下那是天的事。

那天上午，天下雨了。是一场很小的雨。我和二弟依旧喜欢坐在门槛边，看地面上溅起的水花。地面积水的地方，反着光亮，水珠滴下来，顿时就有无数的花朵不停地开放。这样的天农人是无法下地的，所以姑妈也坐在一旁，和我们说说话。

那场雨不大。一阵子把地面弄湿了以后，就变得稀稀拉拉的了。但天气凉爽了许多，姑妈怕我们受凉，还专门给我们拿来了长袖衣服，让我们穿上。

姑妈的门口是一条必经之道。左右两边，时不时有人路过。有的人认识姑妈，就远远地向姑妈打招呼，有的还停下来，聊上几句，大多数是问那两个孩子是谁呀，姑妈就抚摸着我们的头，向他们解释。他们说的是壮话，几乎听不懂，但我们从问话人的眼神和姑妈的动作能猜得出他们都说了些什么。

又有一点小雨滴了。那雨滴能看得见，有绿豆那么大，亮亮的。

这时，从左边走来了一个男子，四十岁左右的年纪。他的双手放在背后，脚步有点迟缓。走近了才看清，他的背上还背有一个四岁左右的女孩，那女孩扎着一条羊角辫，双手搭在那男子的肩上，脸朝向另一边，所以我们无法看清她的脸。她穿的是一件印有小花朵的深蓝色长袖衫，瘦瘦的，整个身体软塌塌地趴在那男人身上。姑妈就主动跟那男子打招呼。那男子就停下脚步和姑妈说了几句，那脸色虽然带笑，但有点僵硬和生涩，然后转身又走了。

这一回我们看到了他的背影。他背孩子的双手，还攥着一把半新旧的黑色雨伞。那孩子，软塌塌的，一动不动。

他们走远了，我就问姑妈，他们去哪儿呀？

姑妈说，那女孩病了，他爸爸带她去医院看病呢。

我小小的年纪，似乎也看得出，那男子迈出的脚步，是那样的沉重，那样的迟疑，那样的不情愿。但他不得不带着女儿，向那个地方走去。

从那刻起，那个男人和女孩，就没有离开过我的眼睛——一直到现在。

当时我就不断地自问：那女孩得了什么病啊？她会不会死去？他们什么时候才走到医院啊？看了病，钱够不够用哦？

那天我就一直坐在门口，看看那个男子什么时候回来。可是等到天黑，没见到他们。

第二天我还是坐着门口，等他们回来。可等到天黑，还是没有见他们回来。

第三天我还在等，可始终没见他们回来。

从此，我再也见不到那个男子和女孩了。

也许，那女孩已经死了；也许，他们已经回到家中，只是我见不到而已。当时我不懂得问姑妈，一问就什么都明白。不问的结果，就是那个男子和女孩的背影，永远刻在我脑子里，消散不了。一想起那场不大不小的雨，想起从微雨中走来的父女俩，我就忧郁，直至忧伤。

忧伤是一场雨。

忧伤是一个永远回不来的背影。

忧伤是一种长久的牵挂。

好在暑假结束，父母返回来把我们接了回去。不然，我还得陷入那种忧伤中，无法自拔。

现在我才明白，那时父母把我们送来乡下，是为了减轻母亲的负担。其时，父亲还在乡下教书，母亲除了上课，一个人要带我和二弟、三弟，还要洗衣做饭，实在辛苦，只得时不时分别把我们三兄弟送下来，让她得以歇息。相比之下，我来得最多。而接纳我们的，只有姑妈这一家了。天然的血缘关系，同样的家庭背景，使我们遭遇相似，命运相似，只得相依为命，彼此支撑，彼此温暖，彼此关爱，努力地维护着我们两个家庭。

哥弟

我读完小学三年级，刚放暑假，有一天上午，大约十点钟，表哥突然来到我家。他说今天是来赶龙州街的圩日，要卖鸡。他手里的确提着一个鸡笼，里面有一只阉鸡。他问我去不去乡下，去的话，等他卖完鸡了，就来接我。

我当然想去了。农村怎么说都比城里好玩，况且我喜欢和哥弟在一起。在我创作的长篇散文《一座山，两个人》里，曾这样写道：“唯有我那个勤劳、乐观的二表哥，倒是给我们制造了不少的快乐。他带我们到村外，教我们装鸟、掏鸟窝，教我们采野果，教我们插秧，教我们耘田，教我们放鸭子，教我们烧红薯窑。乡野的气息，无论沉重或轻盈，均如丝如缕，不动声色地渗入了我的肌肤和血液，构成我挥之不去的乡野记忆和情愫。”

征得爸妈同意，我赶紧捡了几件衣服等表哥。

下午三点多钟，表哥来了。他匆匆吃了一碗粥，就带我出发。

以前去农村姑妈家，因为太小，不是大人背，就是坐在单车上，不知走路是何种滋味。如今，我脱离了呵护，第一次自己行走，觉得异常的兴奋。一路上，爬上山岗，蹚过溪流，路过村庄，穿过田野，经常有狗拦住我们的去路。表哥有经验，低头弯腰装着捡石头，狗见了，以为要挨打，转身就跑，但很快又尾随追过来，龇牙咧嘴向我们狂吠。村民见我们一副城里人的装束和城里人的模样，在不应该出现的地方出现，就用异样的眼光看着我们。我感到我们忽然成了贼。贼是要躲避狗的追赶和人的目光的。这样的感觉让我感到一切都是那么新鲜。可走着走着，表哥就不断地叹气：唉，这鸡卖得亏了，开始我叫卖一块一斤，有人给九角，我没卖；可等等快天黑了，我们还得赶路回家呢，八角我也卖了……

六点多钟时，表哥说，过了这个村，马上就到谷荣村了。那就是姑妈家。

也许是因为表哥的提示，我突然多么渴望我们能够尽快穿越这个村庄。穿越的目的就是快点到家。可这个村庄很大很大，只有目光才能做到很快地穿越。

最远处是一排山，太阳滑落到山的背后了，山顶上残留着一抹红霞，暖暖的，风吹过来，脸颊都觉得温热。但天色向晚，整排山开始暗淡下来，已看不到树木的绿色；山壁上裸露着的石壁，灰白灰白，有云朵悬挂的感觉。有一种鸟叫白面水鸡，“嘟嗡——嘟嗡”地啼鸣，声音十分旷远，悠扬，神秘，似是从山里传来，也像从天上飘来，更像从水底里冒出来。山的跟前，是一片平整的稻田，谷穗都黄了，沉甸甸地低垂着。田野中间，有一条机耕路直直穿过，路边上，有农人肩扛着犁耙，赶着牛，大概是往家里去；但也正好碰上了迎面而来的鸭群，鸭群一惊，向四处散去，鸭群的主人就提着长长的顶端绑着红布条的竹竿，重新赶它们拢到一起。田头里，有农人把残草和枯叶堆起来，烧了，烟雾一圈一圈地往天上飘，让人想起炊烟，想起灶头，想起锅头里热腾腾的饭和香喷喷的菜……

——那一幅画面，让我至今难忘。我一直认为，乡村最美的时刻，是在黄昏降临时。所以，平常我一旦有机会下乡，最喜欢在黄昏时刻在乡道上走。走着走着，必定能看到山顶的红霞，看到牛和鸭群回家，看到田头的烟雾，听到白面水鸡的鸣叫。任何一个农人，都可以在这样的时候卸下一天的劳顿，准备他们的晚餐。

果然，过了这个村庄，马上又看到了另一个村庄。表哥指着它说，我们到家了。

正准备进入村口，表哥突然停住，指着路边一块坡地说，你看看，这个是谁?

我顺着他的指向，看见一片菜地里有一个穿着白色圆领文化衫的老人，蹲着背向我们，正给菜苗松土。此时，夜幕始降，那老人又戴着草帽，我无法看清他的面孔。我疑惑地看着表哥，表哥说，那是你阿耶呢。你几年没来了，所以你不知道他已经回来了。

阿耶就是我姑爹。

在农村，我们喜欢把男性前辈喊“阿耶”，与“阿公”同义。“姑爹”是个书面语。

我就远远地喊了一声：“阿耶!”阿耶回过头来，应了一声，然后摆摆手示意说，你们先回，你们先回。

我还是没有看清他的面孔。

入得家门，天全黑了。姑妈刚给我们点上油灯，阿耶也跟着进家了。

姑妈和婆婆把煮好的饭菜端上桌，我们开始吃饭。这时我才看清阿耶的样子。

阿耶极其的瘦，可以说瘦得皮包骨，身上没有任何多余的肉。眼睛特别小，眼皮几乎缝合了，要是他不抬头，根本就看不到他的眼球。背还有些驼，身骨有些收缩，肩膀差点高过耳朵。但肤色却是出奇的白，白得有些不真实。

阿耶在姑妈家突然出现，我怎么都觉得有些不习惯。后来我才知道，阿耶是刚从劳改场释放出来的。他一共蹲了 17 年的牢。所以，在此之前，我从没见过阿耶，这个家庭似乎就没有这个人。

吃着饭，姑妈和阿耶几乎同时问哥弟：这鸡卖了多少钱?

哥弟就从口袋里掏出钱来，交给姑妈，同时把卖鸡的经历告诉了他们。他们听了，又几乎同时都在责怪哥弟：你傻呀你，在街头蹲了几个小时，九角不卖八角倒卖了，真笨哦……

哥弟一声不吭，低着头扒饭。微弱的灯光中，我看见哥弟的眼角闪着泪花。

我这才想起，哥弟一路上为什么喋喋不休地说他卖鸡亏了，那是担心姑妈、阿耶责怪啊！的确，卖一只鸡亏几毛钱，就等于白白丢了几两肉、几斤盐、几斤酒，谁不心疼哦。

那年哥弟 17 岁，比我大 8 岁。在我的印象中，哥弟就是一个勤劳、诚实的人，从来没被大人责备过的。他平常上县城赶圩或者办事，有时会到我们家来，吃了饭再走。吃饭前，见水缸未满，就拿起扁担水桶挑水；见有大块的木柴没劈，就抓起斧头劈；见地脏了，就捡起扫帚扫。他性情开朗，不厌劳苦。干活时，不是吹口哨，就是哼歌，似乎把劳作当成玩家家。吃饭时，有旧饭就抢着吃旧饭；要是碰到有肉菜，却很少吃肉，只吃素菜。他和我们玩，从不跟我们争执，全都让着我们。表哥一走，母亲马上教育我们：你们看看哥弟，多勤快，多懂事，你们要好好学啊！的确，这么多年，表哥一直是我们无可挑剔的榜样。

但那个年代，勤劳、老实的哥弟注定命运多舛，历尽磨难。

他还在姑妈腹中时，阿耶就在“清匪反霸”运动中被抓去劳教。三四岁时，姑妈带着他，到了横县马岭农场，他才第一次看到了自己正在服刑的父亲。12 岁那年读完小学五年级上学期，他就跟随姑妈插队落户。那天，姑妈租了一辆马车，将一家人的行李和农具拉到彬桥公社。到了乡下，哥弟这才知道，他的身份已经变化：从一个小学生变为一个小农民。每天，他必须跟随农民一起出工，做大人一样的活：插秧、耘田，收谷子、收玉米……田头田尾间，突然出现这么一个城里来的小孩子，村民都觉得可怜：死喽，阴功哦，还那么小，哪能干得了活哟……干脆继续上学算了。可姑妈说，唉，我们这样的成分，还读什么书哦……那时的农民心地真好，纷纷给姑妈出主意，说就让队长帮去学校讲情，不收学费。

生产队长心善，觉得哥弟勤奋好学，为人诚实，如果中断了学业，实在可惜，便帮哥弟瞒去成分，以本村农家子弟的名义，向公社推荐上去。恰好，彬桥公社完小刚增设了附属初中，哥弟这才跳级读上了初中。

生产队离学校有三公里远。哥弟每天早上六点出发去学校赶早读，中午就在学校里囫囵吃一顿从家里带去的午饭。下午五点下课，他从不敢贪玩，急匆匆就往家里赶——他必须参加生产队出的最后一趟工，挣工分。那时生产队每天安排三趟工。贫下中农积极分子全天满勤，可获12工分。哥弟是小孩，可以获得半个工分。他参加的第三趟工可获2分。2分即是2角钱。

那时，广大农村大兴水库。姑妈和姑爹都被派去修水库了。中午午休时，姑妈和姑爹就溜到附近的山坡上砍柴。柴砍好了，就放在山顶上，哥弟必须利用空隙把柴挑回来，放在家里。一两个月，柴晾干了，哥弟上学时，就把柴挑到学校，卖给饭堂。刚开始时，哥弟怎样也拉不下脸，迈不出那双脚进饭堂。他害羞，他怕老师同学看见而被讥笑。但想想自己的身世和家境，他只得硬着头皮进去了。饭堂师傅看见他这副模样，不仅收了他的柴，每次还帮他保管挑柴用的那副竹担。

那时的柴价是一百斤六毛钱。哥弟每次只能挑七十斤，得三毛多钱。

哥弟也是这所学校里上学卖柴的第一人。

哥弟当时上的是两年制的初中。因为那时毛主席提出了“学制要缩短，教育要革命”的革命口号，所以，每个学校都效仿，压缩了学制，把三年的知识用两年学完，课程是很紧的。很多学生紧赶慢赶，却无法消化，成绩反倒落了下来。哥弟平时为人处世虽然过于老实，样子还长得有点木讷，却是个读书的料，慧颖而机灵。每门功课，老师教一遍，作业做一次，就立即领会。他的班主任陈元荣老师曾如此惊叹：我从教30年，从未遇到过这样机灵的学生！

这样的学生，如果让他顺利地完成中学的学业，将来考个大学应该不成问题，但哥弟已经没那个命了。

哥弟初中毕业，参加了中考。以哥弟的成绩一点悬念都没有，在公社380名考生中，名列第一。但因家庭成分，他失去了升学的资格。

这是意料之中的事情。那些心地善良的村民再也无法为他讲情了；那个善解人意的生产队长再无法为他隐瞒成分，哥弟终止了善良的接济。

毕业那天，哥弟把所有的课本放进书包，极度失落地走出了学校。哥弟知道，他这一次走出了校门，再也无法回来了。

离开校门没几步，班主任陈元荣老师赶了过来，他先是把手扶住哥弟的肩膀，拍了几下，似乎要说什么，却欲言又止，干脆跟着哥弟的脚步，往前走。

一路上，陈老师不外是将哥弟表扬了一番，而后是感慨这个社会的不公，最后是表达了他的愧意。的确，他很想帮助这个学生，但他没有半点能力去颠覆这个事实。他似乎欠了这个学生一份债。

哥弟是要回家的，总不能让老师这样陪着，便劝老师止步，但老师说，今天我就是专门送你回家的。

将近三公里的路程，哥弟平时要花 30 分钟走完，可那天，他们足足走了两个多小时。他们走走停停，停停走走，说了很多的话。直到到家，陈老师将哥弟送进屋里，才转身回去。

想不到的是，哥弟却能再次返校。

过了半年多，学校教师严重不足，需要聘请民办教师。还是那个陈老师，在第一时间里一下想到哥弟——他这位得意的门生。在他举荐之下，哥弟获得了试讲的机会。那天，参加考核的人员除了本校老师，连公社书记也来了。从他们的表情和掌声里，陈老师和哥弟心里都知道，他通过了考核。

最高兴的应该是陈老师。他高兴的理由无非两点，一是他这个学生最终没有浪费前途，二是他终于还了欠下这个学生的债。当晚，陈老师到市场称了一斤排骨，悄悄在家里为哥弟设宴，两人喝到半夜，哥弟才独自回家。

哥弟不胜酒力，一路走走停停，差不多两个小时才找到家门。

第二天哥弟正式到学校上课，同时等待公社的正式通知。

最后的结果是，哥弟没有被录取。

那个公社书记在逐一审批时，对那位刚毕业不久的应聘教师印象极佳。但审核到他的家庭出身时，不得不大摇其头。

仅做了 17 天教师的哥弟，也不得不卷起铺盖，再次离开学校。

陈老师第二次送哥弟回家。

陈老师不是担心哥弟承受不住打击，而是为哥弟可惜。可这一次，陈老师没什么话可说了。到了家，临别时，陈老师只给了哥弟一句话：文君，你要相信，天不会永远都下雨的。

我表哥的名字叫黄文君。

陈老师的话绝对是至理名言，但至理名言无法激励所有的人。对哥弟而言，这句话放在他身上就不起作用。他的生活经历证明了，他头顶上的天永远都在下雨，至今也是，而且越下越大。

心理学家阿德勒在对童年经验的研究时发现："在童年时期，有某些情景却很容易孕育出严重的错误意义。大部分的挫败者都来自于这种情境下的儿童"。哥弟当时 14 岁。我相信他曾有过一颗纯净的心，对未来充满了希冀。但现实生活总给予他太多的破碎。

哥弟从此愤怒了。

他一直以来都是温文尔雅、顺从听话的脾性，但自从那场变故之后，他变得偏激和偏执。这种情绪长时间主导着他的青年时期，使得他日后的生活受到严重影响。他的血管里，从小就流淌着苦涩和心酸的血液，这注定了他的命运永远充斥着悲苦和苍凉的色彩，无法扭转。

那一晚，当我第一次看到哥弟因为卖鸡而被姑妈、阿耶责备的时候，似乎隐隐感到，这里的生活再也不像以往那样平静了。

阿耶

对于突然出现在姑妈家的阿耶，我的确充满了好奇。他看上去永远是那么的瘦弱，那么的单薄；他那双青筋突起的手，根本无缚鸡之力，这与“劳改犯”的形象怎么都联系不起来，也想不出他在哪个方面犯了罪。但我是实实在在地跟一个劳改犯生活在一起了。其实，我的阿耶是个和蔼的人，平常他很少高声说话，也高声不起来；和我相处，他始终把我当小孩，按小孩的语气跟我对话；任何时候，他那双眼睛总是笑眯眯的，让你很难看到他的眼珠。你想象不出他能对你生什么气。

在那段日子里，姑妈一家倒是遇上了几天清闲的时日。

不知何故，姑妈家养的一群鸡突然遭遇瘟疫，一两天就发瘟一只，一两天就发瘟一只。鸡发瘟是很难治愈的，有时候无法控制，一窝鸡几十只全都会死亡。所以，一旦发现哪只鸡不对劲，姑妈和阿耶就立马宰杀，放姜酒炒了吃。差不多一个星期，我们天天吃鸡肉。

正巧，那些天都是下雨。淅沥沥的雨飘个不停，树啊山啊，裹着一层薄薄的雨雾，怎么也不消散；坐在屋里总觉潮湿阴冷，走在外面道路泥泞，这样的天气，农人是无法下地干活的。阿耶说，干脆，我们什么都不干，就喝酒得了！

其实，就只有阿耶一个人能喝。

阿耶虽然身体单薄，但颇能喝酒，也十分嗜酒。每天的晚餐，不管有没有下酒菜，他必定自斟自饮二三两，大多适可而止，从不烂醉。酒是度数不高、价钱便宜的米酒。他牙齿不好，所以什么菜都得细嚼慢咽，好久才能下咽，然后呷上一口酒送。他一顿饭没有一个小时就结束不了。那夹菜的筷子，慢慢地伸出去，夹好了菜，又慢慢地收回来，往嘴里送，之后才把筷子慢慢放在饭桌上，唯一的动作就是嘴巴不停地嚅动，不停地咀嚼。他似乎有意地放慢速度，这样才吃出味道，品出味道。我看着他这个样子也觉得吃饭只有这样才有滋味，才算是真正的喝酒。奇特的是，他是很少坐的，而是把双脚踩在板凳上蹲着，整个人缩成一团。所有的人都吃完了，离开了饭桌，他还是一个人坚持蹲着。当喝足后，他叫姑妈或哥弟给他装上一碗饭，把剩菜或菜汁全都倒进饭碗里，三下两下吃完了，就拉开凳子坐到一边去抽烟，姑妈或哥弟这才出来收碗洗碗。

这是阿耶一顿饭的程序。

在农村，一年到头难得吃上一次肉。这一次，连续的杀鸡，肉是足够的了，加上下雨不出工，阿耶自然不放过这实在难得的时机。从中餐到晚餐，他就坐在固定的位置上，蹲着喝。

我听阿耶说过，劳改场里的犯人，无论何时何地，面对狱警的训话，都得蹲着。17 年的牢狱生活，蹲，恐怕是阿耶最自然、最习惯的姿势。

有一次，他说，要是没什么事情，我可以一个人从早喝到晚，而且不醉。

的确是，只要有酒有菜，阿耶就能一个人蹲着，从早喝到晚。

但整个过程，并不是不间断地喝。严格来说，谁都没这个能耐。他会停顿很久，把眼睛注视在一个地方，然后若有所思。其间，他会时不时自个儿点头，或者摇头。

其实，他喝酒的过程就是思虑的过程。他思虑的时间比喝酒的时间多得多，喝酒只不过是一种形式、一种辅助而已。也许，他习惯在吃饭的时候，把每天所做的事情过滤一遍，或者把以前所经历的事情回忆一遍，这样，他才算是过完完整的一天。

这是外人所不知的。

当时，我面对着这个爱蹲着喝酒的老人，并没有太多的了解。我就知道叫他“阿耶”，因为他是我姑妈的丈夫，我表哥的父亲。

直到后来，我在周边亲戚的谈论中和从县志的史料中了解，他是一个背负着沉重的家族历史，在家族曾有的辉煌和后来的衰败的旋涡中苦苦挣扎、不能自拔的悲情人物。

我阿耶一共被劳改两次。

第一次是 1952 年。

解放初，我军事管制委员会发出布告，宣布国民党等反动党团及特务组织为非法的反动组织，应立即解散停止活动，并明令其成员限期向公安机关登记自首，1950 年至 1953 年，根据中央《关于镇压反革命活动的指示》，全面开展了镇反运动，重点打击土匪、恶霸、特务、反动党团骨干、反动会道门道首。

说来也巧，我阿耶和我外公是同一天被带走的。我外公在新中国成立前是龙州海关的一名下级军官，自然属于专制对象。那天，我姑爹和我外公一见面，一定是面面相觑，无比尴尬。

可是，阿耶非匪非霸，何以获刑？原因来自于他的父亲黄飞虎。

黄飞虎，原名黄宗道，龙州县下冻乡人。“飞虎”是其自诩为天下猛虎而自封的花名。后来，因其的确身手非凡，江湖上也认可了这个花名。其出身贫寒，最先为乡小学的校工，专事敲钟、烧水、扫地、看门等杂活，无甚文化，但勤于学习。每逢闲时，就倚于窗前听老师讲课。一来二去，竟认得几百上千个汉字，可以读书看报。

他有个二弟，名宗志，在崇左县师范读书。后跟随共产党人奔赴广州，参加了以毛泽东为所长的第六届广州农民运动讲习所的学习。这是第一次国共合作时期培养农民运动干部的学校。从 1924 年 7 月至 1926

年9月，共举办了六届。

其弟的行踪，很快就被县府察觉。在结束学习返乡途中，被县警设伏逮捕。有一天，黄飞虎的朋友给他带来一个消息，其弟宗志将于次日被县府处决。

黄飞虎一向乐于助人，信守忠义，故颇得人缘。一听弟弟有难，当然着急。他招来几个密友商议后，决定赶往县城劫法场救弟弟。当晚，他们冲进乡警所，将几个警员绑了，抢出几条枪，直奔县城。当天亮赶到时，为时已晚，其弟已被枪杀。

如今，黄宗志已被追认为烈士，其墓碑得以安放在龙州县革命烈士陵园内，甚幸，甚慰。

此时，黄飞虎几个人已是骑虎难下。抢枪，是一罪；劫法场，是一罪。想重新做个良民已经不行了。干脆，他们就以家乡下冻作为据点，遁入山林做土匪了。

做了土匪，必然要打家劫舍。但土匪头子黄飞虎给匪徒们立下规矩：本乡本土不能行劫。要劫，必须走出乡外，等到身上的包饭冷了才能动手。

乡下人外出远行或到远地做农活，习惯用荷叶包饭，以作充饥之需。若以包饭冷却为计时，那也走出十几里地了。黄飞虎的意思是，乡里乡亲不能伤害，否则无法立足。

黄飞虎略识文字，诡计多端，他深知“皮之不存，毛将安附焉”的道理。故而，追随者甚众。

1930年2月1日，邓小平领导的龙州武装起义爆发，成立了以俞作豫为军长、邓小平为政委的中国工农红军第八军。

起义前，由于兵力不足，早先进驻龙州的起义主力部队俞作豫率领的广西第五警备大队，对当地土匪武装采取了剿抚并用的政策，黄飞虎部300多人枪被收编，黄被任命为第三纵队司令。但黄飞虎生性狡猾，当红八军起义后即将招致失败时，悄悄率部逃回老家下冻，后又被国民党当局收编，任过龙州县县长。

黄飞虎参加革命，后又背叛革命，这是板上钉钉的事实。

前些年，我表哥哥弟带我到了黄飞虎的家乡下冻，我第一次见到了当年黄飞虎的家。这是一间砖瓦结构、上下两层的老房子，离村口不远。大约八十平米，一半的瓦顶和围墙已经倒塌，但整个房屋的结构依稀可辨。从倒塌的断层来看，围墙十分厚实、坚固，是用细沙、石灰和甘蔗糖搅拌、灌压而成。可见当年黄飞虎的家底十分殷实。但奇怪的是，房子里里外外全是黑乎乎的，有很明显的火烧痕迹。

哥弟说，那的确是给火烧的。黄飞虎当土匪时，对立的土匪帮派人来烧过；黄飞虎参加革命时，国民党当局来烧过；黄飞虎背叛革命时，红八军来烧过。这房子烧来烧去，墙里墙外，都留下了一片黑烟。

可想而知，当时是一种什么样的情景。

不知是哪一晚，黄飞虎一家老小睡得正香，突然有人隐隐约约闻到了一股火烟味。开始以为是厨房没有完全熄灭的柴火烟，不以为然。但听到柴火噼噼啪啪的爆燃声时，惊恐的叫喊声就起来了：火烛啦！火烛啦！

一家人就慌乱地起床。有穿错衣服的，有穿错鞋子的，都集中到了厅堂。这才发现，有人打开了窗户，将沾有煤油的火把扔进了厨房的柴堆，柴堆正在燃烧。有人用水缸里的水把火扑灭了；有人要打开门，但怎么也打不开。一想就知道，门被人在外锁死了。好在厢房里还有个侧门可以打开，一家人总算逃了出来。

——每一次，放火者都是置黄家于死地的，但黄家人命大，从没有造成人员伤亡。但东西损失了不少。好端端的一间瓦房，来回烧了几次，都差不多给烧了个遍。

事后有人放出风来，说是谁谁谁干的。

一听这音信，只有黄飞虎知道这把火是谁放的了。

有时候，他会暴跳如雷，破口大骂，扬言要报复；但也有默不作声、忍气吞声的情况。房子烧了，修修整整，再住进去，这么多年竟也挺过来了。

世间事就这样，山外有山，天外有天。强中自有强中手。不做亏心事，不怕鬼敲门。黄飞虎在龙州一带，扬威耀武，不可一世，但也有不怕他的人；明的做不了，就来暗的。功夫怕力大，力大怕手快。一物降一物，循环往复。

那间近百年的被烧焦的老屋，至今还矗立在村口。附近有几家农户私自闯了进去，利用空房子做牛栏或猪圈。

墙上黑乎乎的火烟，虽然日晒雨淋，仍然不褪颜色。

那是一个人或者一个家族的历史印记。

但也是黄飞虎一生反革命的证据。

凭着这些证据，黄飞虎的儿子，我的姑爹，在 1952 年清匪反霸运动中，成为审查对象，被送进农场进行劳动改造。

前面已经说过，那时，我表哥还在姑妈的腹中。

大约过了两年，阿耶无甚罪行，得以释放。但不久，他又再次入狱。

如果时局没有发生变化，姑爹也许会很安逸地过他公子阔少的日子。他那单薄虚弱的身体，也只能适合过这种饭来张口、衣来伸手的日子。但解放了，人人都要靠劳动才能吃饭。姑爹一无体力，二无技术，只能做些轻巧的活，那就是买卖。他从农场释放回来，就伙同他人，到越南走私黄金。而后，又伙同他人，制造假币，最终被发现而逮捕，被判走私罪、制造假币罪，从 1955 年入狱到 1972 年出狱，共 17 年。他的青壮年时期，基本是在监狱里度过的。

姑爹原名黄英杰，其意很明显，就是英雄豪杰的意思，这也许是其父黄飞虎的期许，希望他像英雄豪杰那样，像他那样傲立于世，名威四方。但事实恰恰作了个颠倒，阿耶不仅虎落平阳，还成了阶下囚。这是一种冰火两重天、天堂与地狱的强烈对比与反差。阿耶也许一直想不通，为何偏偏让他经历了这样的遭遇，让他承受了这样的命运。所以，他不得不思虑。白天里他得劳作养家糊口，只有夜晚他在吃饭的时候，才有时间过滤所有经历的一切。

尽管时世已经无法返回从前，但阿耶却还是热衷于对过去的缅怀。后来，姑妈姑爹一家结束了插队生活返回县城后，每逢过年过节，姑爹都会很用心地将买来的对联贴在厅堂神位的两侧。对联的内容，总少不了一个“虎”字，如“门庭虎踞平安岁，柳浪莺歌锦绣春”“门浴春风梅吐艳，户生虎气鸟争鸣”等，而这样的对联，却从不贴在大门上。贴在大门上的，是关于生意、时节、喜庆等内容。

后来，我才慢慢琢磨出来，那是姑爹在暗暗地怀念父亲黄飞虎，在怀念过去曾经有过的一呼百应的年代和虎虎生威的家族。他企图用怀念和追忆的方式来抵消、对抗他现在所遭遇的晦暗的时日。

但人算不如天算，一切事与愿违。

就在这次，我在三表哥哥弟的带领下第一次走到姑妈家，第一次见了姑爹，并看着他在阴雨绵绵的时日里，一连宰了六七只鸡，喝了六七顿酒。之后，我向他们做了最后的告别，回到县城，从此再也没有来过了。

哥细

自从他们插队以后，我都没见过大表姐姐侬和大表哥哥细。他们被分到别的生产队插队，从此，他们就从这个家庭分了出去。

后来，才渐渐听到了他们的消息。

首先是姐侬。

我从父母的谈话中得知，她突然地把姑妈在营街的家卖了，卖的时候，谁都不知道，所得款只有 35 元。

说实在，这间房子不值什么钱。地没多大，又是茅草房。但一旦卖了，姑妈一家在县城的栖身之地也就没了。万一能够回城，到哪儿去住啊？姐侬的这一招，实在让人措手不及，百思不得其解。

但她有她的理由。

当年，姑妈一家正收拾行李准备第二天出发去彬桥公社报到时，家里就来了一个中年妇女。她是街委会的主任，姓银。她巡视了一遍这间四壁空空的茅草房，连一句问候都没有，就直接说：你们这一去，恐怕就不回来了，这间房子我们街委会就接管了。

姑妈一听，吓得无法言语；两个表哥也不敢作声，婆婆则没说话的份，只有姐依敢跳出来质问街委会主任：什么意思啊？主任说，什么意思，那间房子是你们祖宗剥削得来的，当然要没收啦！

一句话，就把全家塞死。

如今，姐依留给我的印象还在：脸圆，眼睛小，身材矮墩，有点凶，有点泼辣。当年在姑妈家，就只有她敢对我凶，敢追打我。

当时姐依想，这房子与其被收了，不如先把它卖了。所以，姐依背着家人，就偷偷给卖了。

如果单纯地卖了就卖了。问题是，姐依一向吃不了苦，从不安心插队，经常以身体有病为由，溜回县城躲避劳动。这一次，她卖了房屋，就从此消失了。很多年都没有她的消息。后来听说她嫁去了广西沿海的钦州县。那时，钦州县女人少，男人多，男人常常娶不到老婆。

我父亲是个爱憎分明的人，知道姐依好吃懒做，又私卖家产携款潜逃，十分气愤。尽管后来姐依返乡探亲，表示悔意，但我父亲对她始终爱理不理。血缘不断，亲情了无。

大表哥哥细从插队之时起，就算是诀别之日。他在哪个生产队插队，我一直不知道，家人也很少提起。但当我知道他的消息时，他已经死了，死在乡下了。

他是得了钩端螺旋体病(简称钩体病)而死亡的。那是一种由各种不同型别的致病性钩端螺旋体所引起的一种急性全身性感染性疾病，属自然疫源性疾病，鼠类和猪是两大主要传染源。至今没有人跟我说过他是怎么染上病的，他经历了怎样的痛苦，最后又是怎样死去的。母亲只跟我说，他死后，他曾经借过的石灰、砖头、农具，农家都不要他还了（也没法还了啊）。他在插队期间，安分而勤劳，贫下中农对他很喜欢。

后来，哥弟告诉我，哥细其实是累死的。

哥细感觉自己出身不好，就积极地表现自己。挑的担比别人的重，别人休息了，他却不休息；甚至收工了，他还多干一两个小时。后来见到有推荐上大学、招工的，他就更有想法，干得更拼命。年小体弱，积劳成疾，一得病就没救了。

姑妈因伤心而病倒，因而回城休息了一段时间。我记得，有一天，我母亲扶着她从医院回来，我跟在后面。姑妈戴着一顶洗得发白的布帽，走路缓慢，并一直喃喃自语，一会儿说："阿细呢，啊？阿细去哪儿了？"但似乎很快醒悟过来，就伤心地低泣："阴功哦，阿细，那么小就不在了，以后哪个管你哟……"姑妈已经没了力气，也没了泪水。尽管声音细若游丝，但我听得清清楚楚，至今不忘。

关于哥细的长相，我如今已经没有任何的印象。但我很小的时候，母亲不断地给我描述过他的形象：哥细这个人啊，勤哦，割马草时，颈脖痒了，就直起腰，用手抓一抓，脖子都抓出红印了，低头又继续割，从头到尾不吭一声。

这就是我印象中的大表哥。

估计我母亲看见过哥细割马草。

那时候，衡量和评价一个人的品格，就是一个"勤"字。勤能补拙，勤能生财，勤能揾食，勤能存活。

所以，尽管我已经记不清哥细的相貌了，但一旦想起他，必定就是这么一幅情景：强烈的太阳下，一个少年，戴着草帽，低头割马草。汗滴从他那头松蓬的头发里渗出来，流到了耳根。太阳一晒，一颗颗竟然晶莹透亮。草尖的摩擦和虫翅粉末的粘黏，细嫩的脖子引起了瘙痒。实在难忍，他只得站起来，用衣袖擦一擦，用指尖抓一抓，咽了咽口水，又弓着腰，继续割。他的身后，是一扎一扎整齐的马草，地面忽然变得开朗和开阔。

那时，一担马草可以卖得五毛钱。

感谢母亲，用口述的方式帮我记住了一个人。

可是，那个一声不吭低头割马草的少年，如今已经长眠在彬桥乡某一个村庄的地下了。不知那个坟头还在吗？那副骨骸还在吗？

不久，那个长年穿黑色唐装、整日里也是不哼不哈地收拾家务的婆婆，也在乡下去世了。

1979 年，姑妈一家结束了十年的插队落户的历史，全家返城。一家六口人，回来时只剩下三个人：姑妈、姑爹、哥弟。

我的姑爹，那个曾经威名远扬的大土匪黄飞虎的儿子，多么渴望能够有一天让他把黄家曾有过的荣光光复起来，以光宗耀祖，彪炳千秋。所以，他年年都在家中贴上有“虎”字的对联，以暗示他光复的耐心和决心。但是，面对着这个已经七零八落的家庭，无论他有多大的决心和耐心，都无法挽回已经流失的年华了。

第四章 | 阳光的褶皱

有一类人，在命里似乎总有一道一道迈不过的坎，一次一次不幸的遭遇等待着他们。他们几乎用一生的精力，努力去摆脱困境的缠绕，但困境如同潮汐一样，退去了一波，又涌上来一波，永不停歇。抗争的人，要么放弃了抗争，被潮汐所吞没；要么继续抗争，但伤筋动骨，筋疲力尽，体无完肤。

石枕

不知是哪一年，一个关于教师下放农村的政策下达，母亲不可避免地被排上了号。学校原本是把母亲派往金龙乡的，因为父亲还在金龙中学教书。但母亲坚决不从，她知道在乡下生活，远比城里艰难得多，何况她还要养育我和两个弟弟。她只好选择到外公所在的生产队里做一名菜农。毕竟，那里与原住地近一些。

外公是我们几个孙子唯一能见到的祖辈。外婆、爷爷、奶奶早在我们出生前就去世了。

我外公的家就住在城南唯有的一条街——利民街里。外婆已谢世，所以外公一个人独住。那间房子，也是一间简陋的茅草屋，屋门前就是街道。直直的一条街，东西走向，就在丽江边上，与对面河的龙江街遥遥相望。

从朝阳小学到利民街不远。从学校出来，往西走 400 米，穿过谷扣村的村民自留地，上了公路，往南走过县城唯一的大桥——龙州大桥，就是利民街了。全程大约就 20 分钟。

严格地说，龙州大桥已属第二座桥。往西大约500米，早在100年前就建有一座铁桥，那是当时的广西都督陆荣廷及其内弟——广西巡防师师长谭浩明一起倡议兴建的。桥始建于1913年，是广西最早的公路铁桥，成为龙州城南北之间互通的唯一通道。据史载，通车典礼的那天，为“固基”和“驱邪祛秽”，以“祭”新桥，师长谭浩明命部下抢来两名穷家少女，吊死桥头，其情景惨不忍睹。1931年3月中旬，龙州起义不久，桂系军阀趁红八军主力分赴各地剿匪之机，出动大军五千多人分三路从东、西、北三面进犯龙州。由于龙州南面临江，丽江河上唯一的一座铁桥成为红军阻击桂军的有力屏障。但因寡不敌众，红军400多人全部壮烈牺牲。

可惜，铁桥最终被炸断了。

先是1939年4月，日本军第一次进犯龙州时，用小钢炮炸烂了桥面。1944年10月，日本军第二次从南宁地区向左江地区进犯，时任国民党守军的133师师长、白崇禧的外甥海竸强惊慌失措，在敌军远未到达之时，竟下令通讯排提前炸毁铁桥。仅仅运行了31年的一座桥梁便如此草率和狼狈地寿终正寝。余下的残骸，在1958年全国大炼钢铁时全部被拆卸炼铁，如今只看到两座斑驳陆离的桥墩。

当母亲带着我和二弟、三弟来到外公家落脚时，外公始料不及。外公家很窄，只有一间用木板围起来的卧室，里面有一张床，其余为厨房和客厅。其实根本就没有厨房和客厅之分，两处都是相连的，空空荡荡，无甚摆设物。如此环境，实在没法安置我们母子四人，母亲只好带着两个弟弟到街上的亲戚家住，让我跟外公做伴。她白天出去做工，只有在午饭和晚饭时我们才在一起。

我从来都没想到，我们一家与外公所在的那条利民街会有什么瓜葛。我们一直住在学校里。这所学校远离城区，故而僻静，单纯，也无聊。我们突然一下变成了“街上崽”，能与街上的孩子们尽情地玩耍，我感到十分快乐——如果这也算快乐的话。

当年，外公肯定估计错了。他们逃亡越南海防不成，回来没几天，龙州便解放。1950年6月，中央人民政府委员会第八次会议通过了《中华人民共和国土地改革法》，1950 年 8 月，政务院第四十四次政务会议通过了《关于划分农村阶级成分的决定》，据此历时三年才完成了土改工作，划定了阶级成分，将地主分子、富农分子、反革命分子和坏分子列为革命的敌人、打击对象，1957 年之后将他们合称为“四类分子”。我外公就戴上了“四类分子”的帽子，在利民街的生产队里劳动，以挑粪为业。

因为血缘，我和外公意外地生活在一起，而且充满了新鲜。每天晚上才九点多钟，他就要我上床睡觉。若是冬天，他就更早地叫我上床，目的是给他暖被窝。而他睡之前，就坐在客厅太师椅上，边抽烟，边和隔壁那个拉马车的阿公聊天。他们之间的墙壁，都是用木板隔的，彼此打个哈欠，都能听得到声音；划根火柴，也看得见光亮。他们聊够了，外公才上床，我也睡着了。第二天早上五点多他就悄悄地起来，挑起粪桶出门去淘粪。出门前他已经把昨晚的旧饭煮成粥，留给我吃。我吃了，就到江北的朝阳小学上学。

外公有一头银白的头发。无论何时，都剪成小平头。他上街，总有些小孩见了他就喊“白头翁！白头翁！……”他就笑呵呵地应答，他已经忘记了他是“四类”的身份，若是碰到恶意的取闹，他就不去理会，快快地走过去。

他收工回来，就会很认真地摆弄他的晚饭；每个晚餐，不管有菜没菜，他必定喝上二两酒。吃了饭，他就坐在太师椅上，一根一根地抽烟，等天黑。他睡觉时，每次都从床头拿出一顶黑色的无檐礼帽，戴在头上。他的睡姿永远都是仰姿，身体总是笔挺笔挺的。他的枕头很小，硬得像块铁，外表是用一张报纸包着，时间久了，表面已经油光发亮。

我曾经在床上玩耍时不小心被那枕头角磕着，头上起了块包，所以对它十分好奇，我曾翻动过，感觉又沉又硬，并且有一种透心的冰冷。别人的枕头都是棉花做的，既软又轻；我也曾见过一些老人的枕头，至少也是木枕或瓷枕，外公又沉又硬的枕头是什么做的呢？

外公家徒四壁，没什么物件让我感兴趣。但唯独这枕头能让我产生想象，让我经常有要揭开其中奥妙的想法。

有一天，趁他不在，我趴在床上，一层一层地打开了报纸。我渴望那是一个百宝箱，里面藏有很多的宝贝，比如白银，黄金，或者铜钱。报纸在一层层揭开的时候，里面流出了一些粉末。报纸终于全部打开，是两块叠一起的青砖头。

包得严严实实、无比神秘的东西原来只是砖头！

我当时就想，外公的枕头为什么不用棉花做呢？

利民街南面有一个法国领事馆。原先是清末时期中法两国为修筑龙州至越南同登铁路而建设的配套建筑——火车站，建成于 1896 年。法式风格，两层，内部的楼梯、栏杆、门窗，均用龙州的百年蚬木做成。但后因双方在铁路轨距争执的原因，铁路没有建成，车站就失去用途。1908 年，法国将驻龙州领事馆从原设在水口河与平而河交汇处的娄园角迁至空置的火车站，成为广西第一座外国领事馆。当年，在对讯督办署工作的外公因公干，常常来往于领事馆，与法国人接触多了，学会了喝酒，后来竟然嗜酒如命。但那时，哪能天天有下酒菜啊。偶尔有一顿豆豉焖排骨，那都是外公亲自做的，味道正，色泽好。动筷之前，外公就向我和二弟交代（三弟还小，吃不动），吃完了肉，千万不要丢了骨头，必须交给他。我以为作甚，后来才知，他把我们吃剩的骨头，全都装进他的碗里，就着酒，重新再啃一遍，属软骨的咬碎吞下，有骨髓的咬破吸干，咬不动的也要吸尽了肉汁才丢弃。有一次，我将平时从垃圾堆里找到的牙膏皮、铜线、鸡毛鸭毛给龙江街桥头下的收购部卖了，得了一毛五分钱（我每一次不管卖什么东西，有多重，得到的款项都是一毛五分钱），交给外公。外公立即叫我去买回一毛钱的木薯酒，五分钱买一个牛耳饼。回到家，外公将饼分成三份，一份留给他自己，另两份给我和三弟。我们坐在饭桌前，他左手抱着三弟，右手拿饼块，啃一小口，放下，拿酒杯，喝一口，当场就把那一毛钱的酒就着牛耳饼喝了。当时我十分得意，我那一毛五分钱，就让我们祖孙仨饱餐了一顿。

吃完了饭，都是我洗碗。当收拾到外公的酒杯时，我就停顿下来。他的酒杯，就这么一个，口大底小，呈倒三角形，大约能装一两酒。用得久了，没有认真清洗，杯子里已结上一层茶色。见外公平常喝酒喝得有滋有味，我也想尝尝酒到底是何种味道。我把酒杯倒扣过来，往嘴巴里磕，往往都能磕出一两滴酒来。那两滴酒还没流进喉咙，就在舌面上化开了，有点苦，还有点辣。但我竟然很快就习惯这个味道。

我后来也嗜酒，酒量惊人，也许跟这有关。

外公没什么朋友。他那身份，没人敢跟他做朋友。偶然他会到对面一个老汉家里聊天，一回来，就会被我母亲骂：你去别人家干嘛，你这样会影响人家的。有时母亲用旧报纸包衣服之类的东西回来，刚放下，外公就把报纸拿走，坐在门槛上，戴上老花镜读。母亲一见，立即火急火燎地去抢：你想害我啊！你是“四类”分子，怎能读《参考消息》？

倒是有个人，可以随随便便进出外公家。他和外公年纪相仿，头发也花白了，但个子稍矮，背还有点驼。夏天里最爱穿运动褂，有时是蓝色的，有时是白色的。进门之前，他先把肩上的一担粪桶放下，然后声音朗朗地笑着进来。他跟谁都打招呼，包括我。外公和母亲都很热情地回应他。但他说的话我听不太懂。有点像普通话，也不全像。但当时我就知道，他肯定是个外乡人，因为在我们这里，没一个说他那种话的。

他和外公聊了一阵，外公就把烟蒂一丢，到后院里也挑出一担粪桶，和他出去了。

那时是下午四点多钟。我知道，他们是在出晚工。

又见汽灯

与外公相比，母亲似乎没有如此轻松和悠闲。

母亲是独生女，从来没做过苦力活。突然间做了菜农，开始很不习惯。菜农就是每天在田里种菜淋菜。淋菜最辛苦，得来来回回地到水塘里挑水，然后把所有的菜都浇完。生产队里那些社员做惯了，手脚十分麻利，个个将裤脚挽得高高的，走进水塘，弯下腰，左手右手同时把水桶往水里一按，两边的水桶“咕噜咕噜”的，一下子就把水装满，拱起身子就马上走。而母亲不行。左手刚把水桶按下去，右边的水桶却浮了上来，弄了半天，也装不了半桶水。在她身后等候的社员，倒是没一个责备她的。

收工回来，母亲常常累得腰酸背痛。更麻烦的是，由于长时间在水里浸泡，母亲得了沙虫脚。每个脚趾缝里，潮红糜烂,有奇痒,继发感染，溃烂出血。母亲就用土办法：用火柴烧。但她不敢对自己下手，就叫我帮忙。她教我的方法是：把火柴点燃后立即吹灭，趁着火柴头还有很高的热度，就赶快往伤口里扎。伤口一烫，细菌也真的死了，脚也好了。但每一次，母亲都被烫得龇牙咧嘴，“嘶嘶嘶”地倒抽冷气。

外公看在眼里，十分心痛。有一天他跟母亲说，你现在的苦还不算苦。你肩上有一副担子更重。你呀，能把那三个孩子教好了，那你的担子就轻了。

这句话，母亲经常翻出来跟我们说。

俗话说：饭前教子，床前教妻。母亲从此就对我们严厉起来，都是在吃饭的时候才对我们进行教育。吃饭不能吃出响声，夹菜只能夹自己面前的，吃完了饭要跟大人说“慢吃”……点点滴滴，从细微处开始。

母亲特别要求我们，勿要爱富嫌贫，怕强凌弱。

利民街有我们家很多亲戚，但都是穷亲戚。住斜对面屋有个表姐，十四五岁了，但看上去像个八九岁的小孩，个子瘦瘦小小的，脸无血色，手脚无力；走路特慢，说话细声，一副弱不禁风的样子。听大人说，她得了一种什么病，总也治不好。但土医说，吃烤青蛙就可以治好。我外公就答应给她抓些青蛙来。外公每天都挑大粪到菜地的粪池，在田埂里，随手都可以抓到青蛙。

外公一旦抓到青蛙，就让我去叫表姐。表姐就慢腾腾地从对面走过来。她先不急回家，就在外公家的火灶燃起火，烤青蛙。她用一根筷子串起一个青蛙，在火面上烤。青蛙的大腿爆裂了，肉就熟了。她慢慢地把整个吃完，然后才把剩下的带走。

但吃了一两个月，表姐的病情并没有见好，依然脸无血色，气若游丝。

但她仍然坚持吃青蛙。

后来，再没见她来了。母亲说，她已经死了。

利民街西去四公里有个邬家村，那里有个婆婆，七十多岁了，和一个堂舅住。他们家是一间茅草屋，孤零零地就在公路边。堂舅人懒，三十多了还没结婚。婆婆就久不久出来跟我们住几天。若是夏天，番桃熟了，她必定叫堂舅摘一些下来带出来给我们。婆婆驼背，弓着腰，拄着拐棍，每走几十米必然休息一会儿。到朝阳小学有四五公里，真难为她了。

婆婆每次来，我们都很高兴。母亲尽量做好吃的招待婆婆。而她一走，我们总是依依不舍，有一次，我竟然哭着拉住婆婆不让她走。

她最后一次来，行动比以前慢了许多，言语也少，而且出现大小便失禁。此后回去，她再也不来了。过几年，她就去世了。

那时，正进行抗美援越的斗争。龙州是中越边境的边防重镇，每一天都有解放军的军车从我们门口通过，到凭祥，进越南。解放军的一个团部就驻扎在利民街附近。久不久，团部都会放露天电影，慰问我们老百姓。那时，放电影根本不用做广告，做任何宣传，只要解放军一放出消息，大家就互相传。到了傍晚，吃完饭，各自拿着板凳去操场里占位置就行了。到了那儿，电影银幕早就挂好。操场里呼朋唤友，拖儿带女的，吵吵嚷嚷。当银幕里随着音乐突然映出八一电影制片厂那个标志性的光芒四射的五角星片头时，大家才静下来。但抗美援越这么多年，解放军放的电影来来去去都是那么几部：《地雷战》《地道战》《南征北战》《平原游击队》《打击侵略者》《奇袭》等。

在利民街的生活十分平静。

那天中午，外公、母亲和我正在吃午饭。母亲用背带将三弟背在背上，三弟时不时哭，让母亲吃得很不安然。突然进来了一个中年汉子，什么招呼都没打，就直接跟外公说，老邬，今晚你到大队里交代一下。外公老老实实地"哦"了一声，母亲向外公瞄了一眼，就拿着碗筷，停顿了半天不动。晚上，就在部队操场边上的生产队的礼堂里，汽灯亮得惨白，人声嚷得翻天。外公阴沉着脸出去了。那个神情，和父亲在金龙中学宿舍点着油灯出门时一样。

趁母亲没有注意，我就一个人溜了出去。还没走近生产队礼堂，我就听见一阵高过一阵的口号声了。我知道，这是在开斗争大会。我走进会场，一眼就看见外公站在中间，低着头，双手垂直。人群则对他怒骂，指指点点。

从那个晚上起，我开始明白外公为什么叫作"四类分子"，什么叫作"交代"，为什么母亲不做老师了却做了菜农。

从那个晚上起，我对那个来通知外公"交代"的中年汉子恨之入骨。直至现在，我竟还记得那时他和我外公说话的神态和口气，还有我母亲尴尬的表情。

半年后，母亲带着我和二弟、三弟，回到了朝阳小学。母亲恢复了教书。我也不用早早就起床从利民街赶往学校了。

校园轶事

我母亲毕业于龙州中等师范学校，一直从事小学语文教学。据我所知，她在这所学校里教语文是教得最好的。这是她众多的学生走上了社会后说的。事实也是如此。她的普通话字正腔圆，她的钢笔字整齐端正；她对待学生，一视同仁，不偏不倚。有一年，我读大学放寒假，在县城的歌舞厅里，忽然有一个年纪与我相仿的青年人径直走到我跟前，问，你是邬老师的儿子吗？我说是，他就握着我的手说，唉，你妈做我的班主任时对我最好了，见我没米吃了，送了我五斤米。

他的相貌我熟悉，肯定是我母亲的学生。但母亲送给他大米的事，我从没听说过。

我在母亲留下的旧相片里，看到了母亲二十多岁时的照片。

这是一个漂亮的女子。

她的发型，是五四时期流行的齐耳短发。脖子上围了一条黑白相间的围巾，单眼皮，直鼻梁，嘴唇丰润，整个样子端庄、娴静。

我小时候，很多阿姨一旦知道我是邬老师的儿子，都不约而同地提到一个话题：我母亲年轻时曾在县里演过桂剧《刘三姐》，轰动了龙州城。

十多年前，父母的七八个同学朋友一起聚会时，一个与母亲最要好的中师同学黄金琪阿姨说，你妈呀，生得漂亮，连县里的领导都着迷，他给你妈写了封信，说要是不嫁给他，他就跳河，这信我们几个朋友都看过。嘻嘻，不过那个领导最后还是不敢跳河。

坐在一旁的母亲微微地笑，不置可否。

有两件事倒是我母亲亲自跟我说的。有一年，母亲到乡下看望我父亲。深夜了，他们关了门窗准备睡觉。但很快我母亲就觉得床底下似乎有动静。他们连忙打开电筒往床底照，果然，床底下躺着一个人，他竟是和父亲一起下乡的同事！

有一次，母亲和校长下乡搞调查。夜晚从农户里返回住地时，那个校长突然慢了下来。我母亲不解，问，校长，为何不走了呢？那校长说，我不能跟你平排走了，我心里肉紧……还好，那个校长懂得自控。

母亲曾跟我说过，她年轻时的确惹来很多麻烦，闲言碎语很多。但她坚持等到父亲大学毕业，结了婚，才把人家的嘴封住。

大约五年前，我每次回家，母亲总是跟我喋喋不休地说她过去的事情。她说，我经历得多了，说给你听，对你的写作也许有用呢。我爱听不听的，总觉得她啰唆，让人烦。但三年前，母亲在市区里走失过一次，从此她的轻度老年痴呆症就突显出来了。如今，她根本无法走动，也不大说话。当我想问她一些往事时，她就说记不得了。我很后悔，当初我干吗不听听她的唠叨呢？

年轻时的母亲虽不是出身富家，但毕竟是独女，父母宠爱有加，故娇生惯养，什么都不会做。后来结了婚，生了子，又适逢“文化大革命”，政治运动的压力和家庭生活的压力，如同放在担子里的两块石头，压得她气喘吁吁。但她必须早晚都得挑着，而且要挑着走。她走得趔趔趄趄，不辨方向。在朝阳小学，我们一家的生活，似乎总被一层看不见的薄膜包裹着，我们看见外面有很多精彩的东西，想走出去看看，可我们没有谁能冲破这一层透明而单薄的壁垒。

我母亲知道自己出身不好，所以工作十分努力。校领导常常把最差的班给她带，她没拒绝就接过了。经过一年的调教，差班也变成了好班。她会唱歌，能编舞，学校的毛泽东思想文艺宣传队就让她辅导，她也没拒绝。每次演出，像模像样，颇得好评。但每到年终，学校评先进教师，母亲没一次评上。

朝阳小学仅有的一排学校宿舍，住有七八户人家，可总有这么几个老师，明的暗的抵制着我母亲，抵制着我们一家。

有一天，隔壁的黄老师养的一只母鸡生了双黄蛋。这个情形在朝阳小学里从没有过。隔壁邻舍的大人小孩都围了过去看个究竟。双黄蛋一般比普通的蛋要大，往往一眼就能看出。黄老师为了检验双黄蛋的真假，就当众把蛋打了，果然，两颗蛋黄落在瓷碗里，黄澄澄的，好看极了。我忽然想起我妈说过，生吃蛋黄能滋养嗓子，嗓音就好听。我很高兴我想起了这个好处，就赶紧跟黄老师说，黄老师，我妈说吃蛋黄就能唱歌。我的意思是建议黄老师你也吃了，吃了你的嗓子就好。没想到黄老师脸一沉，眼睛往我身上一鼓，突然把碗递给我，说，啾，那我给你，你拿去给你妈吃吧。

黄老师的眼睛大而圆，但眼珠鼓鼓的像金鱼眼，有点吓人。而她的脸横肉一堆，两者加起来，就瘆得让人发毛。所以，当她把那碗鸡蛋推到我跟前的时候，我不知所措，灰溜溜地转身回家了。

那时的夏天是很热的。热的时候，大家先用一两桶水把自家的门口洒上一遍，等地面降温了，再把凳子搬出来，坐在门口上乘凉。这个时候，大家可以借这个时机聊一会儿天。大人跟大人聊，聊的大都是教学的事；小孩跟小孩聊，聊的都是无聊的事。

有一晚，隔壁那个母鸡生双黄蛋的金鱼眼黄老师和她隔壁的一个女校工在聊天。那个女校工是城中心一个学校的校工，脸庞大而圆，身体矮而壮，头扎长辫，嘴巴龅牙。龅牙有两类：“地包天”或“天包地”，她属“天包地”。每天天未亮，她就从我们家门口经过，到学校上班。她老公才是我们学校的校工，叫哥二。每天上下课，都是他负责敲钟。那个钟，就是货车的车毂，挂在老师办公室门口屋檐下的一条横梁上。一敲，整个校园都听见。他敲了早读钟，就赶紧回到饭堂，烧开水。火刚升起来，他就赶去办公室敲第一节课的上课钟。水烧开了，他立马给老师的水壶灌开水，然后送往办公室。天天如此。

那晚也怪，整个宿舍就金鱼眼和女校工两个在聊。她们聊着聊着，声音就越来越大。那个女校工说，我们好崽不要多，是吧。金鱼眼就应答，是啊，养崽养得好，要那么多干嘛。

“崽”是特指男孩。

那时，我父母就生了我们兄弟三个。

而她们恰好分别生了一男一女，亦即独子独女。

这一唱一和，传到了我和母亲耳里。当时，我母亲在评改作业，我则是在做作业。我母亲气不过，就走出门，与那女工对骂起来：你把话说明白点，我崽多了怎样？那女校工就反击：你崽多有屁用嘛，我怕你成分高啊？

我当时就十来岁。连我都听得出，她是有备而来的。但我们弄不明白，我们没招惹她，她干嘛这样呢？还有那个金鱼眼，明显是暗地里助她的。最不妙的是，她一说到成分，我们就蔫了。

那个年代，家庭成分或是一把利剑，或是一根软肋。谁是贫下中农，谁就握住了利剑，可以耀武扬威，挥斩天下；谁是地富反坏右，谁就被抓住了软肋，不管有理无理，就已经输了八成。这叫床板夹着卵泡，痛也说不出。

校长赶紧过来劝架。校长姓刘，是个女的，年纪和我母亲一样大。她文化不高，但觉悟高，工作积极，人还算善良。她把我母亲狠狠地批了一通：你是国家干部，怎能和一个工人吵架呢？这点觉悟也没有？

母亲默默地坐在一边，没反驳。她也许还没有从刚才的争吵中消除火气，也许觉得校长说得对，没必要跟她一般见识。

可我就是不服气，我明明看见是那个校工挑起的事端，校长怎么不批评她呢？

奇怪的事多了。

学校会时不时调些老师来，也有些老师被调走。调进调出的老师，有单身的，有带家属的。我们最喜欢有家属的老师调走。他们往往提前一两天把家什收拾好，那时，我们那些孩子们早就暗暗地守候了。搬家那天，来了一辆货车，把他们的家当搬走后，我们就冲进已经空空荡荡的房间和厨房，寻找他们遗留下来的物品，比如木手枪、玻珠、弹弓、扑克之类的玩具，或者磨刀石、竹篮、码钉、螺丝钉等，其实那些都是没用的东西，否则人家就不会遗弃了。但我们每次都能捡漏，得到意外的收获。

刚放暑假，一个姓农的老师要调到农场小学去了，临走前，农老师的大儿子送给了我一支他做的木手枪，我高兴了一晚。第二天上午他们真的走了，我和伙伴们像往常一样一哄而上，几乎同时到达门口，也几乎是同时挤进门的。进了门，就分头到那间空房子里捡东西。捡东西非常讲究，一是要眼疾手快，谁先看见还不算，还要看谁先抢得到；二是走的方向要对，要是往没东西的地方去找，那肯定捡不到东西了。这就靠运气。那天我走的方向大概不对，在一堆垃圾里只找到了一个女孩子扎头发用的胶圈。我有所不甘，瞄来瞄去，看见了一扇门的门闩，那个门闩长约两寸，筷子一般粗，形状像手枪。其实我一看到它就想象成手枪。我拉了拉，没想到很容易就把它卸下来了。我还算满意，至少没有空手而归。

但到了下午，我们就接到通知，所有的孩子都集中在那间空房子里开会，自己带凳子坐。

住在学校的老师虽然只有七八家，但孩子倒不少。刘校长家三个，金鱼眼家两个，校工家两个，韩老师家两个，邬老师家三个，冯老师三个，共 15 个。为了让孩子们安全度过暑假，刘校长特意任命金鱼眼和韩老师担任管理校内教工小孩的领导小组负责人。

15 个小孩到齐了，金鱼眼就说，农老师搬家了，你们进来捡东西，捡了什么东西我不管，但有人拿走了门闩。没有了门闩，下次调来了新的老师，他们怎么关门睡觉啊？小偷进来怎么办？所以，谁拿走了谁要交出来。

原来如此。我不由得打了个抖。

但我很快就想起，当时大家只顾得找东西，没有谁看见我拿了门闩，而且我拿了之后立即收进了口袋，没有张扬，应该没有谁知道。

结果是很久的沉默。

我知道沉默的原因。因为门闩是我拿的，我不承认就不会有人承认。

最后韩老师说了，谁拿了不要紧，只要拿回来，说明他大胆地承认了错误，这样的孩子值得表扬。

韩老师说话时，带着浅浅的微笑，样子很慈祥，很和善。结果，金鱼眼的儿子，与我同班的阿然突然站起来，说，是我拿的！

金鱼眼和韩老师同时把脸转向他，并向他微微点头。韩老师说，不错，好孩子，值得表扬。那你去拿回来吧。

可是，阿然扭捏了半天，没有动身。

我很激动，很兴奋。我想，不是阿然拿的还获得了表扬，真正是我拿的，那我更应该受表扬！我站起来，向金鱼眼和韩老师说，是我拿的！没等她们回过神来，我已经跑到家里，把那根门闩呈现在她们面前。

我很得意地向阿然瞄了一眼，静静地等待金鱼眼和韩老师的表扬。

可是，韩老师并没有表扬我，只是冷冷地说：哦嗬，哦嗬，原来是你拿的啊。金鱼眼又是瞪着她的大眼，朝我“哼”了一声。

我就觉得奇了，“表扬”到了我这儿，怎么就没了呢？

我回到家跟母亲说了。母亲很平静地把我拉到身边，扳着手指悄悄给我算：你看看呐，刘校长，贫农；黄老师，中农；韩老师，贫农；冯老师，贫农。

她用食指敲了敲她自己的额头：我们，是地主。

地主真不是个滋味。

开学了。在一个暑假或寒假里，玩够了玩疯了，孩子们反过来十分怀念学校。在报名注册的那天，大家揣着父母给的学费，要到学校注册。记得那时的报名注册时间为两天。

有一年，在报名注册的头一天，我就嚷着母亲赶快给钱让我报名。母亲马上给了钱，却叫我不要今天去，明天再去。她苦笑着告诉我，明天是梁老师负责你们班的注册，她也是地主出身，不会小看我们。

从那时起，直到初中二年级，我最怕是入学注册。注册时必须填写“家庭成分”这一栏。那时，父母双方若是干部，有“地主”“资本家”之类出身的，可以写成“革命家庭”，但“革命家庭”就意味着是“地主”“资本家”。所以，我往往会在注册点的附近徘徊很久，等到没有同学了，我才快步上去，赶紧把“革命家庭”四个字写完。写完了，不是“如释重负”的释放，而是“窃而逃遁”的紧张。

复仇

我突然听到三弟哇哇的大哭声。那哭声在这平静的下午显得格外刺耳和响亮。

我就站在厨房门口，只见三弟被刘校长的爱人马老师紧紧地抓住了。

我三弟大约五岁。那天下午，他拿了一把柴刀从外面回来。我不知道那天他拿柴刀去干嘛，又为什么从宿舍的东头回来。从东头回到西头的家，就必须经过所有老师家的门口。东头的第二间是刘校长的家。那天，刘校长的爱人马老师闲坐在门口。他是一所初中的体育老师，又黑又壮。三弟经过他的跟前时，马老师就把他叫住：老三，你过来。他是想逗逗三弟。三弟就老老实实走近了他，他忽然就抓住三弟的握刀的手：你拿刀干嘛？

三弟突然被袭，当然不从，就拼命挣扎，但越是挣扎，马老师就抓得越紧。三弟就用另一只手想解开马老师的手，但那小手哪能敌过体育老师的手呢？三弟无奈，只有号啕大哭。马老师还是抓住不放，故意现出狰狞的面目，吓唬三弟，让三弟屈服。

我正在厨房煮饭。饭未熟，我也是闲站在厨房门口，所以从头到尾看见了整个过程。我先是想冲过去解救三弟，但自觉没有力量，就寄希望于马老师尽快放了三弟。但马老师那种霸道和放肆，让我和三弟一样无奈与挣扎。我在无奈中，眼眶充满了泪水，泪水又模糊了我的视线。我狠狠地注视着，注视着，差点就想拿起菜刀，冲过去……

每放暑假，老师一般都要集中几天学习。那几天里，会议都把老师的中午饭包了。有一年，学习地点是在城区里的一所学校。母亲告诉我，12点钟前，我就要去那个学校的饭堂把她的那份饭领回来，大家一起吃。里面的菜，都会有些肉的。那时，能吃肉可不容易。

第一次去领饭很容易。直接走进饭堂，在案板上拿起一份饭菜倒进我带去的饭盒，带回来就行。我记得那次的菜是青菜和烧鸭。烧鸭的香味诱人无比。第二次，我刚拿起一份饭菜往饭盒里倒，我的背后突然就爆出了一阵吼声：你是哪个？

我吓得差点就把手里的那份饭菜抖落。我回过头，颤颤巍巍地答：我是邬老师的崽，是她让我来拿的。

我看清了那人。那是一个小老头，头发花白，个子细小，脸有点熟。他盯着我，说，邬老师？我不认识。你不能拿，最近有人冒领，少了不少饭菜……

那老头的警惕和防范是应该的。但他不应该这样吼我；这样吼我，使我以为是我的地主标签导致的；我还小，我只知道我不是小偷，我没有冒领。我受了委屈，我很尴尬地站在那儿，头皮发麻，心跳如鼓。手上的那份饭菜，放不是，不放也不是。如果我放下，那等于我承认我是小偷；如果我不放下，我却找不到不放下的理由。我想挪动一下脚步，为那一脸的尴尬做一些掩护，可那双脚像是被钉在地里，一动不动。厨房里是一股股刺鼻的菜香味，掠过我的耳根，绕梁而去，但我没食欲。没想到的是，被抽到那里帮工的我们学校的校工哥二不知从哪儿走出来，看见了我。我用一种期待的目光等待着他，让他帮我做证。但一想到我母亲跟他老婆吵过架，我失望了。

“他是我们学校的，我认识。”哥二放下手中那盆菜，对那老头说了一句，转身又走了。

我是含着无限委屈的泪水把那份饭拿回来的。

我记不得那天的菜都有些什么肉了。

但我记得那个老头。我想起来了，他就是与我们学校相邻的南宁地区师范专科学校的工人。他就经常从我们厨房下边的小路经过。

记忆诱发了我的仇恨。仇恨激起了我的报复。

好几天我都守候在厨房边。墙角下我堆放着十几颗拳头般大小的泥块。

终于，那老头来了。他戴着一顶斗笠，挑着一副空担子，从外面走往师专。那小路在厨房的下面，我居高临下。等他走过十多米远，我就将泥块向他扔去。第一块，砸在他的脚下，他愣了一下；第二块，打中了他的箩筐，他停住了；第三块，我竟然打中了他的斗笠，他一个趔趄，放下了担子，骂骂咧咧。我转身就跑。

开心！痛快！

原来报仇竟是一种解恨的最佳方式！

我想起了哥二。

尽管我很憎恨他那个头大身圆的老婆，那个无事生非的“天包地”龅牙女校工，但就因为哥二的解围，让我解脱了尴尬，还了我清白。所以我不再憎恨那个女校工——哥二的老婆了。

冷暖

后来想想，学校里倒有不少对我们很友好的邻居。比如刘校长的大儿子黄奇武，比我大四五岁，就经常过来帮我劈柴火。平时我先放学，所以我先煮好饭，等母亲回来才煮菜。当细小的柴火烧完了，剩下的大木柴极不容易生火，弄了老半天就燃不起来。而我和母亲力气不够，父亲还在金龙，大柴火真的没人劈。有一次，半夜下雨，我家厨房房顶漏水，雨水把柴火滴湿了，第二天煮饭，我怎么都引不着火。奇武哥看见我家的厨房烟熏火燎的，就进来看，一看这情景，就拿起斧头帮我劈柴：这怎么行哦，柴不干，又大块，哪里烧得着呢？此后，久不久他都过来劈点柴火给我备用。

那个金鱼眼黄老师的爱人农老师，就是一个很和善的人。他高而瘦，长相很像当时轰动全国的电影《春苗》里的主角达式常。他路过我家，见谁都打招呼，开个玩笑。在住校的老师里，他和陈老师关系最好。陈老师是南宁人，五十多岁，出身资本家，在我们学校里是唯一一个被挂牌斗争的人。可农老师从不避嫌，每逢星期天，空闲的时候，就提着棋盘到陈老师家下象棋。他俩都抽烟，且是旱烟。旱烟需要用专门的卷烟纸来卷，形同喇叭，最后用舌头抹上口水，固定，就可以抽了，所以在我们这儿叫“喇叭筒”。他们一边下棋，手就一边卷“喇叭筒”。“喇叭筒”包裹的烟丝不多，抽几口就没了。几盘棋下来，他们的脚跟丢满了密密麻麻的烟蒂。他们下棋，有时很肃静，半天听不到一点声音；有时却很闹，有棋子摔棋盘“嘚嘚嘚”的声音。他们当中，一定是谁悔棋了，另一个不服，就争吵。但每回两人都是笑吟吟的，从没有翻脸。临近中午，要煮饭菜了，农老师才提着棋盘回家。出门时，农老师扭过头来，丢下一句：老陈啊，你不服是咩，下次我们再来。陈老师摆摆手，也给农老师来一句：好好好，下次再来，下次再来。

在学校十几个孩子中，我和韩老师家的两个孩子最要好。一个是她的大女儿，叫阿华，比我大五六岁。阿华是韩老师和亡夫生的，又聋又哑。另一个是她的儿子，叫仕家。仕家是韩老师和现夫生的，聪明机灵。

阿华的聋，不是全聋；你大声跟她喊，她还是能听到一点点的。她的哑，也不是全哑，她还能用变形的嘴型跟你说出很完整的一句话，只是很多语音你无法听懂。她只读到小学就不读了，但她很喜欢读书，尤其是小说。我父亲后来调到了县文化馆，家里书最多，长篇小说、杂志都有，所以阿华就喜欢跟我交往。“风华，你还有小讲咩？借给我看看喂。”说就是讲，讲就是说，所以她把“小说”念作“小讲”。

我和阿华接触多了，就懂得怎么跟她说话。一般人都是对着她的耳根大声喊，我却是用嘴型跟她交流就行了，根本不用发出声音。她仅是看嘴型，就知道我说什么。这一点，连他的母亲韩老师和他的弟弟仕家都做不到。

仕家和我同龄，同在一个年级。但我在甲班，他在乙班。他算术特好，不用扳手指，就能算出加减乘除。他父亲在县教师进修学校教数学。星期六，他爸到我们学校跟他妈住的时候，他就带我到他爸的宿舍里睡。我们经常一起偷学校里的甘蔗和村边的菠萝。

有一年，阿华恋爱了。男朋友是开山炮的，五官倒是长得端正，但个子又黑又矮，经常到学校里来玩。临近过年了，我们还没有钱准备买鞭炮。阿华那个开山炮的男友也许为了讨好她，讨好未来的小舅，就跟仕家和我说，你们俩今年就不要买鞭炮了，到时我给你们雷管。雷管比鞭炮响多了。

果然，离初一还有几天，阿华的男友就拿来了一包雷管，有五十多根。雷管的导火线呈白色，有两寸长。雷管呈黄色，约一寸长。他叮嘱我们一定要藏好，不能近火，不要给大人知道。点雷管时千万不能用手拿。

大年初一的凌晨，我和仕家约好出来放雷管。我们学校周边种满了桐油树。当时种桐油树的原因，是因为桐油果核可以卖，可以增加学校收入。桐油树几乎都有树瘤，树瘤里必定有一个或大或小的豁口，我们就把雷管放进豁口里，然后点火。这雷管一炸，吓了我们一大跳——那响声，比全龙州最大的鞭炮大了好几倍！那威力，任何一种鞭炮都无法比！被炸的树瘤、树皮和树骨竟然都裂开，尽管是黑夜，四周什么都看不见，但我们看到了树瘤上白花花的伤痕！

我很兴奋。我跟仕家说，我们把所有的雷管都放在钟老师家后门里放。

钟老师是后来从外校调来的。他老婆只是一个国营饭店里卖包子和洗碗的工人，但凶得很。有一次，我和三弟正在公用水池边洗菜，她见到三弟，就冲过来指着我三弟骂，说三弟欺负她女儿。我三弟被骂得哑口无言，脸都发青。我就想，小孩之间打打闹闹是有的，犯得着大人发火嘛。我不知从哪儿来的胆子，我对老三说，老三，她要是再惹你，你就打她！

钟老师的老婆大概没料到我们小孩也敢顶撞，她就和我们骂起来。远在西头的母亲听到我们的声音，也赶来跟她对骂。

从此钟老师一家和我们一家互相都不来往，见了面，连招呼都不打了。

有一次，钟老师路过我们家门口，他故意边走边吹口哨。我就大喊起来，老二老三，拿棍子出来，有只瘦马骝过来了，我们做了他！老二老三却不明白我要干什么，半天也拿不出棍子。

钟老师个子不高，身体精瘦，像只猴子。从此他路过我家门口，再也不敢吹口哨了。

我开始增长了胆量。那时候，我父亲已从金龙中学调回来，我二弟三弟也懂得打架了。他们俩就经常联合起来跟我对打。我估测要是和钟老师一家打架，我先一脚把他们五岁的女儿撂倒，然后我们三兄弟专打钟老师，我父母两人对付他老婆，不用说，那场架是赢定了。甚至都不用打，我一家五口人吐口水，屙泡尿，就能把他们淹个半死！

就在春节前一个多月，钟老师老婆刚生了第二个小孩，正在坐月子。我就想，今晚我就用雷管炸你一个晚上，让你们都睡不着觉，过不好年！

钟老师家后门正好有一棵桐油树。仕家明白我的用意，就把剩下的五十多根雷管一次次全都放进了那棵树的树瘤里，足足炸了一个多小时。五十多根雷管哪，每一次爆炸，都发出了震耳欲聋的响声，都发出了闪电般的光亮。第二天，我们偷偷去看，那树瘤全都给炸没了，树干露出模糊一片的树骨。估计那晚钟老师一家都别想睡觉了，他老婆也许被吓得要断奶。

大约半年，那棵树死了。

如今想来都后怕。那个开山炮的怎么这么无知，竟让我们玩雷管。当时万一失手，我们两个当中必有一个是残废。

只是不知，阿华后来跟那个开山佬结婚没有。

竹丛

当时我们学校与外界的联系，就只有一条泥路。路在宿舍的西头，即我家方向；再往西，穿过谷扣村民的菜地，到南北向的公路，向南过桥，可到利民街；再往西穿过公路，可达城北中心城区。

学校的地形是一块坡地。宿舍和校区都在坡地上。宿舍的位置是在最南边，靠西边。我家就住第一间。出门口，下了坡，约 50 米处，路边有一棵勒竹。那种竹子，枝丫都有刺，坚硬。它的生长，不是单株，而是一丛一丛，父生子，子生孙，孙生曾孙。长年累月，枝丫交错，密不透风。大的竹丛，直径一般都有七八米。人都可以在竹丛下躲雨遮太阳。

我外公就常常在这棵竹根下出现。

我们放学回家，必然经过屋边。走路时只要不是低着头，余光一定会看到那棵竹丛。看见了竹丛，必定看见竹根底下一切情景。有时候，我们会看见竹根下有一个穿黑衣的人，戴着草帽，蹲坐着。我们看不清那人的面貌，但从身形判断，那一定是外公。

我们走过去，果然是外公。

用一种姿势，长久地蹲在那儿的，也只有外公。

外公出现在那个地方，无非有两种情况。

一是没钱了。

外公每个晚餐，必然要喝几杯米酒，二两左右。他装酒的酒瓶，是专用的一斤装的白色玻璃瓶，但瓶盖早就没了，他就用一截的玉米芯代替。我们跟母亲在利民街住时，他经常让我去买酒。

但那个年代，酒钱肯定缺乏的。每到月底，外公已经囊中羞涩。他一定想忍着，不去惦记那酒，抵制那酒的诱惑。但炊烟起时，隔壁邻舍的锅头烧红了，油落锅底遇到水滴发出的“噼啪噼啪”的油爆声，还有锅铲翻动的声音。从油爆声的大小，可以判断放油量；从锅铲翻动的频率和轻重，可以判断是炒什么菜。所有的一切，一起美妙地袭来，一次又一次猛烈地撩起了外公的食欲，勾起了外公对酒的向往。

但他没钱买酒菜。

一个战士，弹绝粮尽，退至悬崖，既不愿降，又不愿死，进退两难时，最为艰难。

此刻，日至月底的外公，就是那老战士。

但他还有一条退路，一个依靠，那就是他的女儿，我的母亲。

父亲向女儿讨钱，也是很为难的事情。但也管不了那么多了，面子不是问题，酒菜才是问题。

我们把外公来要钱的情况告诉了母亲。母亲也没什么唠叨，只说了一句：告诉外公，要是还喝酒，以后就不给钱了。

她从口袋里摸索了一阵，掏出了两三块钱，交给我或二弟。每一次，她给的数量也就这么多。我或者我二弟，接过钱，就风一样跑到竹根，转给外公。当然，也把母亲的那句话传达给了外公。但外公每到月底照样来。

外公来的另一个原因，就是他有钱了。

每一回外公来，并不都是为了要钱。久不久，一般在每月的月中，他也会在竹根下蹲着。我们下去问是不是来要钱了，外公？外公却摇了摇头，说，不是啦，外公今天分红了，带你们上街一趟。

外公把生产队每月分给社员的工钱说成是分红。

当然，外公并不是把三个外孙全都带去。我们兄弟三个，是哪个先看见外公，哪个才有这个福分和机会。

外公领我们上街，先是带到饮食店给吃一碗肉粉，然后再给买一双鞋或者书包。完成了这两件事，他再把我们送回来。

所以，我们放学时，已经很习惯往竹丛方向看去。

但外公来了千万次，却从来没有进过我们家，没有吃过一餐饭。

我们曾问过母亲，为什么不叫外公进家呢？母亲说，国家有规定，“四类分子”不能进入国家机关。

从没进过我们家的外公，在他七十五岁时去世了。那天晚上，母亲叫我吃了晚饭后，去利民街外公家。我一进去，看见厅堂里摆有一副棺材，旁边站着母亲、隔壁拉马车的阿公、杀猪的舅公，还有两个不认识的人。母亲把我带到外公的卧室，说你看看外公吧。我进了卧室，见外公直挺挺地躺在床上，像平时睡觉一样，但嘴巴半开着，里面放有一枚镍币。我笑出声来：咦，外公嘴巴怎么放有钱的呢？

我竟然不知道外公已经去世。

不一会儿，有人把外公抬了出来，放进棺材，然后盖上板子，用大口大口的钉子钉死。

我这才知道外公死了。

那晚，解放军团部又放电影，是《地雷战》。我跑去看了。

关于那丛竹子，我还有一个记忆。

夏天，有一天早上，我记得当时校园里都没人。我不知道我为何从家里出来，往城区方向走。刚走过那丛竹林，只见对面有一个中年男子向我走来。走近了，见他腰间挂着一个白色布袋包着的饭包，体积只有饭碗这么大；他的后腰有一个刀鞘，插着一把柴刀。他正要穿过校园，往东边远郊走去。

东边有无数的山。

这个人我认识。正是我们学校里冯老师的妹夫。

按他的装束，应该是到山里砍柴。但他没有扁担，也没有推车，不完全像砍柴。

傍晚，七点多钟，我也记不得我为何从外面回来。路过那竹丛时，借着迷蒙的月光，我看见一根剥了皮的约五米长的树干，这应该属于建房子用的横条，斜靠在竹丛上；竹根下，一个人软弱无力地躺着地上，一动不动。

有微微的月光。我看见了他腰间上那个白色的饭包。

夏天的七点多钟，天没有全黑，加上月色，可以肯定，我没看错。

回到家，吃了饭，我心不在焉的。放心不下，就到那竹根下看个究竟。那人躺着地上，还是一动不动。

第二天一早，我再去看，那根横条和那人都不见了。

想必昨天，他走了很远很远的路，登上了山。终于找到了那棵可以做横条的树，便砍了下来。削去了枝丫，剥了皮，它的确是一根值钱的横条了。卖掉了它，可以保证一个星期的伙食。如果是一个月下来，一年下来，都能顺利砍到横条，孩子的新衣、鞋帽和文具，老婆的柴米油盐，都有了。但这需要极大的体力把它扛下山来，还要扛到市场。把它卖了，才能变成新衣、鞋帽、文具，柴米油盐。

但一个小小的饭包，它的能量无法支撑这一切。

吃下肚，充其量是个囫囵的饱。

所以，到了黑夜，他只能来到这竹丛下，靠一靠，歇一歇。他的体力消耗殆尽。饥饿和疲劳使他做出躺下的姿势。

在乡间，路边上总生长着一些竹丛，它们向来是自生自灭的。水牛吃草或者劳作回来，身体的皮肤奇痒，就把痒处靠在竹丛根部摩擦，一来二去，靠近路边的根部竟然光滑起来。那里也成了路人歇息的地方。乡下的竹丛，并不以风景自诩。它只是路边的一个驿站。在适当的时候适当的地点，它可以让那些背负沉重的人做短暂的停靠。它就在野地里，静静地等候着，等候那些需要它的人。

我外公倚着它，贯通了儿孙与他的血脉；那个砍树的汉子，倚着它，获得了生命的喘息。

此时，远在彬桥的哥弟，也是在为了生命的喘息而挣扎着。

他经历了升高中不果、做民办教师不果的两次挫败，已是心灰意冷，情绪低落。这是命运的转折点。有些人在通往生命的路途上，难免遇到曲折，轻者跌跤，重者甚至落入深渊，但他们总能攀爬上来，置于死地而后生。

而我表哥永远没有这样的幸运。

从 12 岁跟着母亲下乡插队，到 17 岁那年，表哥已经是一个年轻的老社员了。他可以干大人一样的活，挣到和大人一样的工分，尽管他的个子永远都那么矮小。

那一天，他像往常一样出工。

那天的工是锄地。因为做的是集体工，大锅饭，大家都十分懒散，那些平时聊得来的就三三两两地自动靠在一起，边做边聊。

表哥夹杂其中。年龄的差距和身份的不同，都让他插不上嘴。

当家长里短的都谈论了一遍之后，社员们就觉得无聊了。他们忽然发现身边这个外乡来的小青年。这个小青年比前些年高了些许，壮实了些许，但因为是外乡人，平时都不大接触，于是，大家就把目光和话题转到了他的身上。

有个社员说，阿弟啊，你们全家都来到农村劳动锻炼，以后啊，全家都红喽……

哥弟的小名叫阿弟。

那时的政治生活，的确是以“红”字为尊。“红”已经不是颜色的区别，而是身份的标志，生存的保证，尊卑的分水岭。哪个人哪个家庭，稍稍沾上一点红色，就能保证个人或者家庭的安全和安定。

那个社员的话，不知是真心还是假意，反正我的表哥听了，内心充满了反感。小学没毕业，就被下放农村；考了全公社第一，却不能上高中；民办教师眼看要当上，却中途被辞。所有的不顺，都是因为家庭不“红”！

想到这儿，表哥的喉咙就猛然串上一股怨气：红啊，烧红的锅头都没那么红哦。

表哥的一句反讽，就差点因此丧了命。

过了几天，生产队开斗争大会。先是几个“四类分子”被揪上来，让群众口诛笔伐地斗了一轮，突然，生产队长提了提嗓门，大喊一句：把破坏分子黄文君带上来！

表哥坐在下面，还弄不懂是怎么回事，暗伏在两旁的民兵就扑过来，把他摁倒在地，绑上绳子，押到台前。

表哥的罪名是讲风凉话，破坏生产。

他双膝跪地，但抬着头，屁股坐在脚跟上。民兵排长看在眼里，不吭不哈地走过来，要他抬头，双脚跪直，但表哥一动不动。民兵排长把他推倒，又把他揪起来，骂道：你不老实啊，屁股坐在脚跟上，你以为是在家坐凳子啊？

表哥几次被推倒，但每回还是坐在脚跟上，仰着头。民兵排长被惹怒了，撸起了衣袖，大骂：我不信了，今晚我收拾不了你！几个民兵也抬起了步枪的枪托，要打表哥。

此时多亏了村支书，他看情况不妙，便拦住了这几个要动手的人：你们别动，今天我在这儿，我做主！枪毙他，劳改他，那是公安机关的事，由不得我们……

支书说得在理，这几个人才住了手，表哥算是逃过一劫。

这个支书叫许可能。

又过了几天，晚上十点多，表哥家里将要黑灯休息了。突然，门板被人急促擂响，姑爹开门一看，来人是一个二十出头的民办教师。他进了门，马上把门关上，一边喘气一边低声叫唤表哥：阿弟呢？叫阿弟出来！

表哥从房里出来，来人就压低嗓门说：以后队里通知你开大会，如果那天你见我在你家附近挖草药，你就可以去；如果不见，那你千万不要去，去就死定了，明白吗？后来得知，那晚民兵排长避开支书，召集了几个队干和民兵骨干开了一个会议，其中有一个决定，在下一次开斗争会，一定要收拾这个不老实、不屈服的黄文君——我的表哥。那位好心的民办教师有资格参加这个秘密会议，才把这个消息透露给表哥。

那个民办教师叫徐军谊。

这个消息的确吓人。这个“收拾”，可以理解为制服，使其屈服，也可以理解为消灭、铲除。若是后者，那就要出人命了。

姑妈说，那就连夜逃吧，逃到姑爹的老家下冻逐柜。那是大土匪黄飞虎的老巢。

可姑爹说，都这么晚了，还能逃到哪儿？干脆明早再走。最后是采取了姑爹的意见。

第二天天蒙蒙亮，表哥带上简单的行李出逃了。那时天未全亮，路上没见一个行人。哥弟心想这下可好了，逃得出去，就可保命了。但很不巧，刚准备出村口，却碰上了早起的贫协主席。表哥连忙把行李丢进草丛，硬着头皮迎上去。贫协主席问，阿弟，这么早干嘛去？表哥随口说昨晚有只老母鸡没回窝，现在去找找。贫协主席怀疑地打量表哥一番，说，嗬，你真的是找母鸡？告诉你啊，老实点，不要乱跑。

等贫协主席走远了，表哥返回那堆草丛，拿起行李就跑。

表哥跑回逐柜老家，一躲就是三年。

其间，表哥插队所在地彬桥公社，觉得表哥的“叛逃”有损他们的脸面，公社书记便亲自带领生产队长和几个民兵，到表哥所在的逐柜村，要把表哥押回来。逐柜村的生产队长却拒不交人：他回到老家，算是认祖归宗了。你来这儿要人，那看群众同不同意哦。

彬桥公社一溜人无奈，只得空手而归。

逐柜村支书和队长知道了表哥一家的遭遇，便决定把姑妈、姑爹和婆婆接回来。他们派出两驾马车，花了整整两天的时间，把人和家具从彬桥的谷容村带了回来。

要说最高兴的人是婆婆了。逐柜是她老家，按常理，落叶归根是最好的归宿。而这些年，一家人在外谋生，又受气，又受压，整日提心吊胆，担惊受怕，日子过得真不是滋味。如今终于可以回家，终于可以安身，终于可以喘气。那天收拾东西，婆婆最为兴奋，一个人忙得团团转，这也捡，那也拿，生怕漏了什么东西。当马车驶出村口，她长长地喘了一口气。

但路途并不好走。那时是夏天，太阳热辣辣的，像火一样烤得每人都出了一身的汗。路是泥路，坑洼不平，坐在马车上的婆婆，被颠得左拧右晃，回到家马上就病倒了。不到两个月，婆婆去世，终年 78 岁。

也许，操劳了一生的婆婆，知道自己终于回到了家乡，可以歇一歇了。可这一歇，却歇尽了气根，年老体衰的婆婆已无力收回，只得撒手归西了。

第五章 | 劳动与金钱

劳动让我刻骨铭心，劳动可以让一个人流血流汗、身体疲软、四肢酸痛，甚至失去意志、失去耐性、丧失欲望。但由此明白，一切都必须依靠自己，相信自己，没有谁能帮得了你。

美丽的四块钱

那时，我已经十岁。

十岁意味着什么？正如阿德勒所说：十岁的年龄，是启智的开始，是认知的开始，是感性的开始。

我渐渐感到，我在这个家庭里是一个很重要的成员。我要扫地、洗衣服、煮饭、挑水、砍柴，这些活，两个弟弟都不用干。而我干了，这就意味着我可以分担父母的家务，减轻他们的负担，让他们稍稍得到一些歇息。我甚至知道，劳动直接与金钱有关，而金钱与尊严有关，与饭菜有关，与衣服有关，与学费有关……

学校的老师，几乎家家都养鸡。养鸡是为了过年过节之需。过年过节时宰一只鸡或鸭，一是改善生活，打牙祭，二是庆祝一下。而我母亲除了养鸡，还喜欢养鹅。她发现养鹅有很多好处，一是鹅长得快。喂得好，一天可以增重四两；二是个头大，肉多，一般一只有六七斤重；三是不用太多成本，每天给它吃草，稍补喂点谷米就行；四是可以采用它的绒毛做绒衣御寒。

所以，母亲会久不久从市场买回三四只雏鹅回来，由我们负责喂养。这些雏鹅，每只大约半斤重。根据母亲的经验，刚出窝几天的雏鹅太小，成活率不高，而长到半斤重的雏鹅，抵抗力强，已懂得自行觅食，容易养。

朝阳小学西南面是南宁地区师专，只是一墙之隔。下了坡，走上一座小木桥，穿过围墙口，就是师专的足球场了。球场里外，长满了绿油油的铁线草。这种草，鹅最爱吃。放了晚学，把鹅赶到球场吃草，那是我和二弟做的事。让鹅吃饱，又把它们赶回来。等吃了晚饭，做完了一切家务，母亲分别捉它们来称，果然，每条都增重四两。

那天是礼拜天，我放了很长时间的鹅。鹅走到哪儿，我就跟到哪儿。走走停停，停停走走，我们绕着足球场走了一圈。

突然间，我发现草地上散落有几张粉红色的纸片。

我走近了看，那是面值一块钱的四张纸币！

我从来没有一下子拥有这么多的钱。平时母亲让我去买酱油、盐之类的零杂，最多给一两块钱。我立即联想到，那四块钱可以买萝卜酸，可以买薄荷糖，可以买肉粉，可以买牛耳饼、冰棍……

反正能买的东西多了。但当时我丝毫没有产生半点占有的欲望，我想到的是要交给老师，然后获得表扬。和我同桌的女同学，每隔一两个星期就从派出所里拿回一张粉红色的拾金不昧的表扬信交给班主任。表扬信里标明她上交的金额是一分或两分。班主任把她的表扬信宣读得太多，以至于后来都毫无表情了。

我回到家，首先把捡到钱的事告诉了母亲。我说明天我就把它交给班主任。然后，我等待着首先得到母亲的表扬。可母亲并没有表扬，说，不要交，给我吧。她接过钱，数了数，然后放进了裤袋。

我稍稍有些惊讶。老师就常常告诫我们，捡到财物要缴公，要有拾金不昧的精神。母亲是老师，母亲的举动让我百思不得其解。但我不觉得母亲没有什么不对。我知道，母亲作为持家人，有了这四块钱，不知能买多少东西呢。

当时，一斤猪肉八毛钱。四块钱就可以买五斤肉。

如果外公还在，那四块钱足够他一个月尾的酒菜钱了。

我知道了钱的重要。

当时街上的素粉是八分钱一碗，肉粉是一毛七分一碗。那肉粉又香又甜，吃一碗就饱了。有一天我跟母亲说，妈，我们中餐晚餐都到街上吃粉不行吗？才一毛七分一碗，又便宜又饱，何必自己餐餐煮，辛苦。正在煮菜的母亲扭过头来就责骂：你癫啊，餐餐吃粉哪吃得起啊！

自然的，没有钱就被动。想有钱就要劳动。这是我当时对劳动与金钱之间关系的理解。

隔壁有一个住单身宿舍的老师，叫黎老师，是负责学校基建的。有一天来到家里跟我们说，暑假有一个做基建的泥水活，干不干，一天九毛钱。

九毛钱，一斤猪肉钱。

母亲看看我，用目光询问我的意见。我立即向黎老师点点头：干。

这个工种叫泥水工，是专门给砌砖的师傅打下手的。每天要把砖块挑到师傅跟前，把灰浆拌好，师傅需要多少，就给他们挑多少。而工资却比师傅少了很多。

上工的那天，我特意穿上一套旧衣服，把早餐吃得饱饱的，吃饱了我就上工地。原来学校要建一间教室，地基刚挖好，周边堆满了打地基用的大石头。我们这次工作就是打地基。

很快，工地上来了两个师傅，接着黎老师带来了一个和我一样大的小孩，我们两个负责为这两位师傅提供灰浆。

师傅把我们叫到跟前，告诉我们用沙、水、石灰的比例，如何搅拌，就转身走了，我和那个小孩就开始动手干。

那两个师傅先是第一轮把石块抛进地基里，一块一块地把它们码好码稳，然后用我们的灰浆倒进去填缝，稳固。接着又抛进第二轮石块，把它们码好，再用我们的灰浆填缝稳固。他们用的灰浆，是一桶一桶倒的，用于填补石缝。我们挑去多少，他们就倒多少；我们拌出来多少，他们就用去多少，简直就是挥霍无度，根本没有半点的怜惜。所以，我们就得不停地搅拌灰浆，又不停地挑过去，从上午干到中午，从下午干到傍晚，我们俩连说话的时间都没有，而两位师傅还可以边干边聊天，半途还可以停下抽口烟。

第一天把活干完，我全身的骨肉似乎都失去了支撑，一直想往下坠。第二天硬撑着去，第三天就习惯了。

每天我们都是重复着这样的程序：挑沙、挑石灰、挑水、搅拌，然后送灰浆。

每次我挑起灰浆，都是极不情愿向这两位师傅走去。他们往石缝里倒灰浆，像倒废水一样，我都不忍心看。废水倒在地面上，还可以看到一片水痕，但有时候，灰浆倒入中空大的石缝，那一桶灰浆根本就不见痕。我们不知道这个工程什么时候才能结束，我们什么时候才能回家。所以，每天我在心里只有两个盼：盼上午快点到中午，可以回家吃饭；盼下午快点到傍晚，可以回家吃饭。

第十天，工程终于结束。几天后，我领到了九块钱。

我把那九张粉红色的纸币完完整整地交给了母亲。

母亲没有张扬的表情，但我可以看见她的眉目和脸颊十分舒展，带有微微的笑意，我感觉到她的内心一定是像花一样绚丽绽放，而且清香无比。母亲拍拍我的头，说，阿霜（我的小名）可以帮我分担了，至少，你和老二的学费有着落了。

我就很得意。

我得意我的劳动可以换到了钱，我又把钱给了母亲，母亲给我的评价是我可以分担了。

“分担”这个词，是从那时候起灌输到我脑子里的。

分担就是劳动，就是责任，就是挣钱。

此后我做了很多挣钱的活，打石渣，扛石头，采草药。但采草药是最冤的一次。那时全镇都知道，药材铺要收购一大批野菊花。野菊花在我们家附近多的是嘛。我和二弟一连割了好几天，将近一百斤。当我们分别挑到药材铺时，收购员远远一看，就说全是假的。连药材铺的大门还没进去，我们只好挑回这一担野草，弃之路旁。

与水结仇

打工挣钱的活是有条件的。必须有活干，还必须是暑假，缺一不可。所以，砍柴才是我们干得最多的活，这是补贴家用的一种手段和方式。

从小学到初中，我砍柴的次数真是数也数不清。不是和母亲去，就是和同学去，甚至是我自己去。我每次把砍回来的柴一捆一捆地堆靠在厨房边一棵桐油树干上，围成一大圈，一年下来，似乎总也烧不完。

但砍柴中遇到的折磨，那是一生难忘的。

一次是和几个小学同学去附近的一座孤山砍。

刚上到山腰，天便下起了小雨。没有人说要回去，大家就拼命地砍。我大概砍到了一小捆，便抱着下山。但刚走几步，脚底一滑，柴刀脱落，右手的中指与锋利的柴刀划过，第一节手指便被划开了一个长 1 厘米、深 0.5 厘米的口子，鲜血直流。我下了山，向伙伴们大喊：我受伤了，来帮帮忙！可大家只顾着自己的活，没一个理睬。好在我穿的衣服是一件很旧的衣服，胸前有个裂缝，我一撕，竟能撕出一根布条来，赶紧包扎，这才止血。

其间，没有谁给我捆扎散落的柴枝。我用单手完成了所有的收尾工作。

这一天，我仅仅收获了小小的一捆柴火……

如今每一天，我都大量地喝水。无论是在办公室上班或是在家里读书写作，身边必备一个茶杯，几乎每隔几分钟就喝一口，如此大的摄水量，恐怕是源于一次致命的口渴。

当时我初中一年级，和一个要好的同学去砍柴。

人力车是他备的。去的地方是他定的。他说，那个地方去的人少，柴火多，柴杆也粗。我自己只是备了一盒饭、一把柴刀。

果然，我们到达时，没见一个人。把人力车和饭盒放在山脚，我们就上山了。

到半山腰，柴的确多。不用去找，不用走太远，固定在一个地方尽管砍就行。

不久我就口渴了。但我没带水壶。

我们一家六口人（此时妹妹已出生），需要经常出外劳动的就有五个人——父母和我们三兄弟。但我们竟然没备有一个水壶。

我只好跟同学要水喝。

过了大半个小时，我又跟同学要水喝。第三次，同学就说了，省着点喝哦，等下没水了，我们都挨渴。

我再也不敢跟同学要水喝了。

此时，我们大约砍了三捆柴，至少还要三四捆才达到我们需要的量。

我们继续砍。

我的干渴开始了。

先是嘴巴里原本湿润、丰满的口水慢慢在唇边、嘴角、牙根消失。失去了口水的嘴巴，就像一张泥潭。泥潭里尽是稠稠的泥浆。舌头蠕动时，犹如一条落入泥潭里的鱼儿，游而不畅。那时，我就像鱼儿那样，或者鱼儿就像我一样，多么渴望能有水注入泥潭里，让泥潭湿润一些，让舌头游得畅快一些、自在一些。但始终没有水，哪怕是很脏很脏的水。

人在干渴的时候往往喜欢望天。望天可以在内心里做出一些心理活动，比如盼望。期盼天能下雨，云朵能遮挡猛烈的太阳，太阳什么时候落山，等等。

我望天的时候，天上有太阳。但那时是十一月，太阳并不猛烈，反倒有一股微热的暖意。但那时我不需要暖意，而是水。

想到水，那根像鱼儿一样的舌头便蠕动得更加厉害。它不断地配合咽喉，吞口水。每吞一次，口水就更少，那泥潭就更干，鱼儿摆动身躯时与泥浆摩擦的声音，“吱吱吱”的，清晰入耳。

我已经说不出话。说话实在是太奢侈了。我在蠕动舌头的时候，由于没有口水的润滑，舌面与上腭、咽喉、牙根的摩擦，产生了撕裂的感觉。也就是说，那张泥潭干涸了，已经结成泥巴了。鱼儿在泥巴里是不是这样的感觉？

那个同学也像我一样，坚持不喝水。但我想那壶水要是我的，我一定喝了，喝完了再说。

柴终于砍够了。捆绑，一共六捆，每捆七十斤左右。

扛柴下山是最艰难的时刻。

那时候，人的体力在砍柴时已经消耗得差不多了。把那些零零星星的柴枝集中起来，捆成一扎一扎，再把它们全部扛下山，则是超体力的极限，极尽考验。但这是一整天的劳动果实，必须要捍卫和保护。所以，再苦再累，谁都愿意坚持下去，一点不留地把那些果实带回家。

我也只好扛了。

从山腰扛到山底，再走回山腰。来来回回地走，消耗的体力更大。滴水不进的我，像泥潭一样的嘴巴，水分已经完全挥发，泥浆成了散沙。像鱼一样的舌头，已无法蠕动了。

我想，要真的是鱼，让它在沙堆里挣扎、翻动，那无数的沙粒一定会像千万支钢针一样，刺在它的鳞片里，有穿心的痛。

我摇摇晃晃，一回一回地走。我已经没有什么想法了，连水也不想。处在困境，过多的想法也是奢侈。

终于把最后一捆柴抛上车，我瘫了下来。

同学递过他的水壶。我接过时，手有些抖。拧盖，喝一口，什么感觉也没有。那一口水，只是给喉咙打开一个渠道，给泥潭湿润一下，所以，那水还没有进入喉咙，就已经停止了流动，让舌面、牙根、上腭、嘴唇吸了去。我那条像鱼儿一样的舌头蠕动了几下，复活过来了。

第二口水，终于流进了喉咙，往肚子里去。第三口水，一通到底，似乎听得见那水在七弯八拐的肠子里流泻的声音，那样畅快，那样恣意，终于在肚子里绕出一片冰凉，那是四体通透的冰凉啊！

我活过来了。嘴巴不再是泥潭，而是一张清澈的湖。舌头依然像鱼儿，在湖里愉快地游。

但从此我好像与水结了仇。一有空闲我就喝水。我可以一天不吃饭，但我不能一时没水。如今我出差，可以忘记戴眼镜、袜子、相机、身份证，但绝对不会忘记带水杯装茶水。

食者

劳动让我刻骨铭心，劳动可以让一个人流血流汗、身体疲软、四肢酸痛，甚至失去意志、失去耐性、丧失欲望。但由此明白，一切都必须依靠自己，相信自己，没有谁能帮得了你。

其实，父母并不希望我们总是去打散工，去砍柴，尽管我们家极其需要一些额外的收入来补贴家用。

维持一家的生活实在不容易。我父母的工资加起来已经算高了，但每到月底，家庭开支还是捉襟见肘，母亲久不久还得跟隔壁的老师借上几块钱才能挨到发工资的日子。而父亲是不管这些杂事的，回到家，他就读书，只做劈柴、挑水这类的重活。等我上了初中，这样的重活他基本不做了。所以，母亲自然而然成为我们家庭生活的操持者、谋划者和实施者。全家的伙食，她做到了精打细算，周密安排，今天买什么，吃什么，全由她决定。母亲每次都是利用放学后的中午上街买菜，一买就是好几天的。那天中午，我们就得自己煮饭菜吃了，因为母亲一去就会花上完完整整的一个中午。她不惜体力和时间，沿着菜摊一摊一摊地讨价还价，直至把整个市场逛完。而最后买回来的两大筐菜，却让我们大失所望：黄瓜又瘦又小，甚至有点蔫；西红柿全熟透，都已经软了；红萝卜的表皮失去了光泽，还带有点伤；姜蒜全是散的，时间长了，都有些瘪皱了……还好，篮筐底下还有一块肉，或是排骨，或是猪脚，有时候甚至还有些水果。

因此父亲颇有微词，说母亲太浪费时间，买回的东西尽是些次货。母亲则说，你们懂什么呀，这些菜品相不好，但质量并不差，且便宜。钱就是一分一分地省，不然怎么够开支哦。

在这样的生活状况下，我们能通过砍柴、打散工来减少开支，补贴家用，父母当然是高兴的。

但后来父母就不让我们做这么多了。

父母忽然对我们说，尽管我们家庭出身不好，将来读大学是无望的了，但读书终归是有用的。你们就多读点书吧。

两个弟弟还小，不用要求太高，但对我却是严厉的。当时我小学四五年级，父母要我每周背书、写日记。这两件事并不难，难的是在什么情形下去做这些事。

在当时的朝阳小学教师子弟中，我恐怕是第一个背书的人。

每次我在家里摇头晃脑地背诵父母要求背的诗词时，隔壁的伙伴闻声寻来，从门口探出头，先是觉得好奇，很认真地听了一会儿，但很快就觉得无趣，便朝我做了个鬼脸，跑了。

我感觉我好像是在接受一种他们没有见过的惩罚。我成了他们猎奇和嘲笑的对象。

有一天是星期天，母亲一边用衣车（缝纫机）补衣服，一边叫我坐在她身边背书。

这台蜜蜂牌衣车，是父母用千辛万苦省下的钱买的，是我们家当时最高档的日用品。隔壁很多老师还没有呢。按当时的条件我们是买不起的，但父母之所以咬紧牙关买，正如母亲所说：你们兄弟多，又是男孩子，衣服烂得快，没个衣车补，哪行啊。

这衣车作用真大。每到星期天，母亲若是有空，便把我们三兄弟的破衣服来补。我们的衣服，一般都是这几个地方容易破烂：上衣的袖肘、裤子的裤裆和膝盖部位。母亲的技术不精，动作十分缓慢，往往花上整整一个上午才补得几件衣服，但这比手工缝的密实得多了。

而现在，她不仅手里没闲着，眼睛也没闲着：她要监督我背书。

那天我背的什么内容已经忘记，但我记得，二弟和三弟都跑出去和隔壁的伙伴们玩了。他们玩就玩了，可偏偏就在我们家屋后那棵梧桐树下玩。那棵梧桐树树冠大，叶子密，能遮挡烈日，夏天阴凉得很。树下有一片平展展的沙地，适合玩跳绳、跳格子、弹玻珠之类的游戏。那天他们玩的是跳格子。跳格子就是先划出四五个相连接的长方形的格子，然后每人轮流用单脚从最底格将一片瓦或一颗石子往前一格一格地踢，到了最高格而无失误者为胜。这种游戏容易失误而引起争议，故争执特别多。此时，他们那争执声或欢笑声时不时就从我们家窗口穿进来，分明是在诱惑我。最能吸引孩童的事物无非就是玩和食。我好像猫看见了鱼，狗看见了骨头，忍不住往窗外瞄去，看他们为何争执，为何欢笑。母亲察觉我的分心，说，你背你的书，不要分散注意力。

我满肚子的委屈，嘟囔了一句：为什么他们可以玩，我不可以玩啊？母亲一字一句地答：他们是他们，你是你！

我的泪水夺眶而出，但我转身过去，没让母亲看见。事实上，我背了一个上午，眼泪一直蒙着眼睛，根本没把那段文字背下来。

四年级的时候，父亲就要求我写日记了。有时是一天写一篇，有时是两三天写一篇，三五百字不等。那倒是我愿意干的活。因为刚刚开始学习组词造句，觉得新鲜；此外，发现可以利用文字来刻画人物，尤其是丑化二弟和三弟，特别来劲。每次父亲检查作文，当读到我描写二弟或三弟的丑态时，他先是双眼紧眯，抿起嘴角，强忍着笑，却把脸颊憋得通红，最后忍不住"噗"的一声喷出声来："哈哈，写得不错，写得不错……"然后把一家人招过来，从头到尾给大家读一遍。二弟或三弟听了，就跑过来要捶我。

妈妈在厨房煮菜，没法出来，却在厨房"咯咯咯"地笑。

但后来父亲要求严格了。他要求我每天写一篇。吃晚饭前检查，没写的马上写，不能拖。

难免有不按时完成的时候。

吃饭了。菜已炒好，碗筷已放好。父亲坐到了饭桌前。

此刻，我希望父亲完全忘记检查日记的事，最好等我们吃完了饭再提起。

我忐忑不安地也坐到饭桌前。父亲朝我看了看，说，日记呢？拿来检查。

父亲没有忘记。我迟疑了半天，说，没写……

父亲说，去写。

我极不情愿地离开饭桌，准确地说，是离开一桌的香味，回到房间，写。

父亲给我的稿纸是“龙州县文化馆稿纸”，每页 300 字。也就是说，我要写到一页半纸以上才算完成 500 字的任务。当时表达能力有限，把那 500 个格子填满也不容易。我便想了个办法，隔不远就故意写错两行字，删掉，这样，每一页就可以减掉好几十个字。

花一个多小时，把那 500 个格填满了。其实就 400 多个字。那时我已经饥肠辘辘。放下笔，我立即冲向饭桌，可是，眼前的情景让我浑身凉透：两三个菜碟，只剩下几根青菜和菜汁，还有父母、弟弟那几双诡异的目光。我装了饭，把菜汁倒进碗里，囫囵几下，食而无味，但还算填饱了肚子。

两个弟弟走到我身边，分别悄悄凑近我耳根说：还丑化我们咩？这是下场！

尽管如此，我后来还是好几次重犯了这样的错误。但父亲从来不会心慈手软。他向来不当面打骂你，但他会采取一些你想不到的方法来教训你，让你铭刻在心，不服不行。

母亲虽然是个女性，但她的钢笔字构架沉稳，刚劲有力，走笔流畅，绝不亚于父亲，所以她特别注意字的学习。哪个老师的字好，哪个不好，她都会跟我评价一番，然后叫我注意学哪个的。比如，我初中的班主任汤干萍先生，高中的语文老师史道康先生，是她最推崇的。由此我养成了喜欢读字的习惯。初中一年级，我练了两个多月颜真卿的《大唐西京千福寺多宝佛塔感应碑文》，后被老师发现，我就常常被老师叫去抄写“批林批孔”的大字报，由此喜欢上书法。现在我的书法，还算见得人，有时还能卖字，最得价的一次是3000元。

应该说，我们四个孩子的成长均得益于父母严格的教育。每天吃了晚饭，洗完了碗筷，大家稍休息一会儿，父亲就会突然大喊一声：“开始学习!”

喊毕，母亲定会偷偷取笑一声：笨啊笨，“开始”竟能读成“屙屎”!

粤语里，“开始”与“屙屎”读音相近。父亲毕竟是从农村长大，母语是壮语，粤语读音难免不准。我们也跟着大喊一声：“屙屎学习!”然后大家搬出凳子，在各自的位置上开始做自己的事情：父亲看书，母亲评改作业或备课，我们做作业。

夏天，房间小，热。入夜不久，父亲会在窗口拉出一盏40瓦的电灯，再在门口撒上一桶水降温。然后让我们抬出两张床板，搁在两张长凳上，当书桌，我们父子四人就齐刷刷地平排在床板边上，光着膀子看书、写作业。而隔壁一溜的房间，早就关了灯，没了声息。

父母对我们的教育是力尽心机了的，可谓“人生至乐，无如读书；至要，无如教子”（家颐《教子语》）。因为父母最明白“书中自有颜如玉”“书中自有黄金屋”的道理。尤其是父亲，他原本不过是乡下一个土地主崽而已，家有几十亩地，几张鱼塘，几个家丁。他大不了继承父亲的遗产，再做一回地主罢了。但父亲能读书，并考上了大学，由此改变了身份。据说，父亲在他的家乡逐卜乡，是“书中自有颜如玉”的光辉典范，他这一辈以上的人无不以之为荣，并津津乐道。原因有二：一是我父亲是本乡第一个考上大学的人；二是虽然我父亲出身不好，但因为读上大学，我父亲才娶上如花似玉的老婆——我的母亲。其时，我父亲人才并不出众，个子矮，相貌平平，又木讷内向，若不是因为具备以上两个条件，那真的无法与我母亲匹配。

父母都是教育专家，辅导我们学习并不困难，而且不花成本，但养育就难得多了。当然，这主要是母亲操心。那时物资匮乏，收入也低，母亲最担心我们营养不够，长大了身体出现缺陷。故而，她总是想方设法给我们补充食物。

在我看来，在这一方面，她比任何人的办法都多得多。

那时的猪肉是凭肉票供应的，每张票可购半斤。每个家庭每个月就这么几张。按人头分，每人每月不到半斤。那时要是送礼，送肉票比送什么都好。因为凭票买的肉是 8 毛一斤，而市场卖的议价肉是 1 块 2 一斤。送肉票就等于送钱了。在如此艰难的情况下，母亲每个月却可以多购得几斤肉。她的渠道是靠关系。在市场的食品公司售肉店的售货员很多是她的学生家长，她每次排队买肉，家长远远见她，就给她一个微微的笑：邬老师，来啦！她到了跟前，递过肉票，售货员只瞄一眼，便心领神会，割肉，收钱。那肉的重量，不是 8 两，就是 1 斤，比肉票规定的半斤多出了很多。要是肉票用完了，她就直接到县食品公司去买。那里也有很多的家长。她事先告知学生转告家长，买什么，什么时候去要。一般都是礼拜天买，那时候才有空。每到礼拜天早上，母亲就告诉我，到食品公司找谁谁谁，要什么。一般都是轮着买的，要么一盆猪红，要么一个猪脚，要么两斤排骨，或者大肠，或者猪筒骨。我去的时候，大多是直接进入屠宰场找人的。那时工人们正在杀猪，猪们一只只被工人用铁钩钩住前腿拖进铁笼时的惨叫震耳欲聋。

除了猪肉，母亲还买到羊肉、狗肉。在县外贸公司里有个远房亲戚，叫叔公。他在那儿做屠夫，每天专门宰杀羊、狗、蛇之类的动物，目的是留下皮毛，加工后出口，余下的肉则出售。有时候，母亲就叫我去跟叔公要一两斤的羊肉或狗肉，回来时顺便到药材铺买回五毛钱的炖料，晚上炖肉吃。

用今天的眼光来看，母亲当时的人脉关系已非同寻常了。她无职无权，亦无强大的家庭背景，却能轻而易举地编织她的关系网，靠的是待人的真诚。孔子弟子曾参曰：“吾日三省吾身，为人谋而不忠乎？与朋友交而不信乎？传不习乎？”为人谋、与友交在于忠与信，我母亲一直信奉这个信条。再穷的人，包括家长或亲戚，哪怕半路碰见，她也会停下来很热情地打声招呼，聊上几句，眼睛里没有半点鄙夷的目光。而她在教学上的声誉，获得了学生和家长的认可。日积月累，她博得了很多人的信任。

换句话说，她的真诚换取了比人家更多的食物。

母亲除了安排伙食，还得亲自做。一个人做当然是做不完也来不及的。我是长子，首先被母亲叫去当助手。

我们煮饭菜烧的柴火都是自己砍的柴禾。那些柴禾大多是手指粗的柴枝和玉米秆，易燃，火猛，但灭得快，所以须有一人在旁边帮看才行。我的任务就是坐在火灶旁，将柴禾推进火灶，保持火的燃烧，母亲则负责炒。她一边炒，一边告诉我各种菜的烹制方法。首先要学会用刀。若是右手握刀切菜，左手的中指和食指必须弯曲，突出关节，顶住刀背，这样刀口才不会往里拐切到手指。要是拍姜拍蒜，刀口要向外，这样安全。

切菜也讲究。比如切牛肉，须逆着牛肉的纹理切，这样就能破坏它的机理，肉才柔软。而无论什么肉，切时一定讲究大小。家庭人口多，切肉一定要小，否则没吃几口就吃完了。炒菜前，母亲十分讲究腌制。荤菜如牛肉、猪肉、排骨等，母亲必然要放姜丝、糖、酒、酱油、盐腌上片刻才炒，这样菜才入味。

但话说回来，能炒上肉的时候并不多。

其实，母亲的厨艺并不精到。她能做到的只是一些基本的烹调手法了。我在火灶推柴禾，看多了，也就懂了。所以，到了小学四五年级，我在二弟的协助下，完全不依靠母亲，就可以独自煮饭炒菜了。每天中午、晚上，父母回到家，就基本能吃上我煮的饭菜。我由此变得勤快，也养成了爱下厨的习惯。这么多年，过年过节或闲日，我们兄妹回父母家吃饭，基本都是我下厨，而全家都等着我弄好了才能开吃。

那时候，“食”在每个家庭生活当中，似乎比其他的物质需求更为突出，故而，“食”心照不宣地成为最重要的生活内容。从大人到小孩，凡有能力者，无不努力地寻找食物，以满足家庭的一时之需。在当时，这种满足，就是极大的幸福了。

我读小学时，班上有个最要好的同学，叫陆贵宝。他家就在学校附近的高潮村。有时候中午放学或礼拜天，我会跟他到村子里去玩。

他父母都是农民。贵宝是老大，下面有三个弟妹，一家人就住在村中一间窄小的茅屋里。他父母知道我是老师的孩子，都十分热情，但我每次去，却没有什么好招待的。唯一碰到的一次是，他们家做木薯糯饭。一进家门，贵宝爸就说，你来得正好，我们今天做木薯糯饭吃哦！

所谓木薯糯饭，其实根本就没有糯米，只是把木薯剥了皮，蒸熟，然后放到石舂里捣烂，使其产生胶质，有糯饭的口感。最后放到锅头里用油炒，上锅时撒上一点葱花，的确是一种味道很不错的零食。但食时有讲究，必须用手抓捏，这样吃时才有糯饭的感觉。

有一天中午，我们只顾得玩，没吃午饭。贵宝的一个玩伴就把我们带到他家里吃午饭。所谓午饭，就是把锅里的剩饭每人分一点吃了。正好那玩伴家里没人，就我们仨。想不到的是，他家饭桌上竟有一碟剩菜，是鸡肉炒梅菜！而我家是从来没有剩菜的！更没有肉的剩菜！

那玩伴解释说，那鸡肉嘛，是一条瘟鸡，前几天杀了吃剩的；那梅菜，是他到县里收购部的垃圾场里捡的。收购部经常把一些变质的、卖不掉的腌菜的头头尾尾倒出来，要是碰上了就能捡到。回来洗洗，炒熟了就可以吃。贵宝的玩伴就经常到收购部捡那菜头吃。

贵宝有个绝活，就是在冬天里抓青蛙。

入冬，最后的晚稻收割完毕，田里的水也干了。青蛙都钻到田埂的泥缝里做个窝，躲在里面冬眠。贵宝随便能从田埂或石缝里找出青蛙。首先他要找到小洞，从小洞就看出里面有没有青蛙。若洞内的洞壁表面光滑、湿润，说明有青蛙在里面；若是干燥粗糙，说明青蛙跑了。贵宝带着我，利用中午时间，往田里、水塘里走一遭，抓它十个八个拳头大的青蛙没问题。若抓得多，两个人平分；若抓得少，他就全给了我。都是用草绳绑着，拿回家，那个晚餐全家就有一道姜酒炒青蛙的美味享用了。

有一次学校到郊外修水库，干的是挑泥的活。中午，我和一个同学结伴回家。半路看见一张鱼塘，水差不多干了。我们却发现水塘里有不少的鱼在游，有的还跳上水面，有三指粗！正好，水塘边放有一张竹排，我们心领神会，各自放下泥箕，脱了鞋，挽起裤脚，蹚入水中。那时是四月，水还有点凉，但我们都忍着，各抓住竹排的一头，把它拖到鱼塘中间，而后一起合力往岸上推。一摊的水被我们推上了岸，水一退，岸上竟留下了十几条三指粗的活蹦乱跳的鱼！我们放下竹排，一条不漏地捡起来。

我们来回推了几次，每次都有白花花的鱼被推上岸。每人至少有两三斤的鱼被我们装入泥箕。正想再来一次时，远处却传来一声大吼：偷鱼啊！我们连忙冲上岸，拿上鞋，挑起泥箕，没命地就往家里跑。

我们并不想偷，只是以为是个没人管的野塘，可以随便打捞。

下午回到家，从泥箕里拿出了这几斤偷来的鱼，母亲见了，只问了一句：从哪里得的？我说是回来时从水沟里捞的。她高兴得不得了，立即把鱼剖了，腌上盐，说，今晚就煎了吃。

我最佩服一位觅食者。他是一个放牛娃，二十岁左右，应该是学校附近生产队的人，所以我们面熟得很。某年的夏天，他把看管的几条牛赶过来，放在师专的足球场上，然后提着鱼篓和一根自制的钓鞭（鱼竿），来到我们厨房下面那条小溪边。那小溪搭有一座简便的木桥，是师专以及白沙街一带学生上学的必经之道。那地方是我们的领地，白天，我们到溪边挑水洗菜洗衣服，晚上洗澡。有时没事我们也在那儿钓鱼，但很少钓上鱼的。那放牛娃来到溪边，看了看，就坐在桥边，往下游放钓。下游水流湍急且浅，平常里我们根本就看不到任何的鱼。可奇怪的是，那放牛娃就用这条小小的钓鞭，不知放了什么饵料，往水沟里一丢，每次不到一分钟，他便把一条小指粗的烂刀鱼钓了上来。烂刀鱼一般不大，只有手指粗，但肉结实，香，所以普通百姓都爱吃。那个放牛的青年戴着草帽，遮着黑黑的半边脸，手不停地放钓，不停地提钓，不停地把鱼放进鱼篓，不到半个小时，至少有半斤的小鱼进了他的鱼篓。他也很知足，收钓，转身去看他的牛去了。望着他的背影，我想象晚上那半斤的烂刀鱼一定被他煎得金黄金黄，厨房一定是鱼香四溢。

但有些食是吃不得的。

学校南面有一块谷扣村社员的自留地，有十几家。每天傍晚，做完了集体工回来，社员们就到自留地里劳作，淋菜的淋菜，锄地的锄地，培土的培土。其中有一块是“四类分子”老张的。老张一家个个都长得矮，但个个都很勤快。每一次，等到太阳落山，天麻麻黑的时候，他们一家才最后一个离开菜地。说来也奇怪，同样是这块地，老张的菜就是长得比人家的好。

有一天，老张家的菜地突然聚集了上百人，有些人对着他家的菜指指点点，说着什么。原来，老张家的菜地成了“资本主义尾巴”的典型，县里正组织各单位来参观批判。那几天，来的人去了一拨又来一拨，很快就把老张家菜地的围栏和田埂踩得凌乱不堪，不成样子。从此，再也看不见张家人的影子了。老张家种的绿油油、水汪汪的芥菜、蕹菜、葱花、大蒜，就因为没水养，慢慢都枯了。

运动

那时候运动又多了起来。有一天，学校师生全都集中在学校中心的空地上，要斗争一个叫“盲狗医”的坏分子。此人七十多岁，双目失明，平日以算命为生，这是宣扬“封建迷信”的典型。他住在城区里，得要有人把他带来才行。学校决定，由一个老师带队，几个学生跟随，把“盲狗医”押来。

这几个学生中就有我。

老师带着我们到了那儿一看，那“盲狗医”骨瘦嶙峋，手脚打战，戴着一副墨镜，见我们来了，不知所措。我们就用绳子牵住他的手，老师叫我拉住另一头，由我带路。那老者拄着拐杖，颤颤巍巍地跟着我们走。

我首先进入会场，等待已久的师生伸着脖子，期待着什么。“盲狗医”跟随着我的绳子也慢慢地走到主席台的中央。这时，口号声一片片响起。我们好像就是这场批斗会的发起者，没有我们的到来，这会就开不成。我好像完成了一项光荣的任务，荣尚无比。

吃晚饭的时候，母亲自言自语道：唉，这老头也可怜，站了一个下午。

我感到好像做错了什么，没有了下午的那种荣尚感。

父亲看了我们一眼，不作声。

有一天，姑妈穿着一套洗得发白的唐装，提着一个布包，突然出现在我们家。她只是简单说了几句，乡下现在斗得厉害，她想上来躲几天，然后就在我们家住下了。

那个布包包着她几件衣服，她把它放在我们的床头，就算是她的枕头了。这些天，她闭门不出，帮我们缝补衣服，洗衣做饭。

父亲，作为她的弟弟，当然要容纳她的姐姐。而作为母亲，她的想法就不同了。学校是她的单位，而她留宿一个从乡下跑来的躲避斗争的地主婆，自然担心学校知道，而影响整个家庭的安全。有一天，母亲淡淡地表述了她的想法：大姐这样躲，怕不是办法哦。学校领导要是知道，那就不好了。

姑妈当然听出弦外之音。那晚姑妈默不作声，第二天，她包起简单的行李，负气走了。

父亲则整天阴沉着脸。

过了些日子，有一天，母亲带我上街。那是个圩日，人山人海，熙熙攘攘。可我竟然发现人群里有姑妈的影子！我说，妈，你看，那是姑妈！母亲顺着我的指向，看了看，说，是，那是你姑妈，你去叫她一声吧。我跑过去，那真的是姑妈，我扯了扯她的衣角，喊了一声“姑妈”，姑妈低头看了我一眼，竟装着认不得，一声不吭，走了。

她与母亲的距离大约不到八米。

我很尴尬，折回来，告诉母亲，姑妈不理我。母亲笑笑，说，不认就算了。

也许，个中原因母亲早就知道了。

过了多年，我回忆这事，才明白，姑妈一定是因为当年母亲不愿她住得太久，才狠心装着不认我这侄子。

好在姑妈并没有永远记恨。

第六章 | 少年目光

尽管如此，我自己还是兴奋了好些时日。我想我已经长大了，不久就会像那些青年那样，裆部会长满黑乎乎的毛发，然后可以对那些小屁孩爱理不理了。

风景

1975 年，我已经读五年级了。也就是说，我 12 岁了。

那年的夏天，雨季一到，周边的溪水又涨起来了。

那时候，农业水利建造得好，到处是水渠。

这是季节性的山溪水。七月，一场暴雨，一夜之间，四处的沟沟壑壑突然就变成了小溪。到了八九月，溪水里的鱼儿也长到二三两重了。野外的山地里长的番桃果、捻子果，成片成林的，也熟了。正好是放暑假，学生们三五成群，结伴去钓鱼、摘果。

天气热，我们随时随地就脱了衣服，赤条条地下水洗澡。

有时会碰到比我们大的青年。

他们见我们，爱理不理。

他们也是赤条条地洗澡。

但与我们不同的是，他们的裆部长满了黑乎乎的东西。

这是他们不搭理我们的资本和原因。

我们看见他们这个样子，总觉得害羞。我们不大敢正视他们，但又好奇地偷看他们。

有时候我们向往他们，羡慕他们。

就在这个夏天，在一次洗澡中，我突然发现我的鸡鸡旁边，长出了几根老鼠须那样的毛发！

我欣喜若狂！

过了些天，表哥从乡下来，我兴冲冲地把这事儿告诉了表哥。可表哥冷冷地说，去，人都这样。

尽管如此，我自己还是兴奋了好些时日。我想我已经长大了，不久就会像那些青年那样，裆部会长满黑乎乎的毛发，然后可以对那些小屁孩爱理不理了。

也是这个夏天，学校分配来了一个女老师。那老师是刚刚从师专毕业的，姓秦。

这些年，学校的老师都是一副老面孔，大多是我母亲那样的年纪。尤其是我们这排宿舍，从来就没住进一个年轻的老师。如今来了一个秦老师，又是个女的，我们的宿舍似乎活跃了很多。

秦老师住在东边的第二间单身宿舍里。她二十出头，扎着个短辫，整日里脸颊总是红扑扑的。单眼皮，但眼睛特别的清亮；鼻梁不高，但鼻尖小巧而精致；个子矮，却异常丰满。走起路或者在哪一站，胸脯都是挺挺的，屁股都是翘翘的。她知道自己在这些老师里，已属鹤立鸡群，但从不表现出孤傲和得意，对谁都彬彬有礼，故而颇得老师们的喜爱。无论午饭晚饭时，哪家有好菜，都喜欢叫她过去尝尝。

学校有一位男老师，都四十出头了，却有点色。空闲时他总是想方设法把秦老师叫到跟前来聊天。聊着聊着，那男老师就说，站着聊多累啊，来来来，蹲下，蹲下，蹲下聊。

两人齐齐蹲下了。

但很快那个男老师却突然站起来。他不聊了。他的眼睛直勾勾地向秦老师的胸脯射去。

蹲下的秦老师，胸部被双膝压着，衣领已经微微打开，露出了雪白丰满的半个乳房。但她浑然不知。

后来有老师发现了这个奥秘，在一次闲聊中偷偷告诉了秦老师。秦老师大惊失色，双手紧紧捂住自己的胸口，惊叹道：呀！有这回事啊？我怎么一点儿都不察觉？

秦老师的脸红得像刚被火烤过。

从那时起，我开始注意秦老师。

我家住东边。每回我在厨房煮饭，就习惯靠在门边上，往西边望去。

秦老师是个单身，但她每天必须得自己煮饭菜。

饭未熟，她就拿出一张小板凳，坐在自家的门口，东张张，西望望。那双灵动清亮的小眼睛，已经失去往常的欢快，略显孤独和清冷。无论中餐或晚餐，各家各户都忙着做饭吃，没有哪个老师有空出来跟她闲聊了。

她回到了她自己，她显露了她自己。

我喜欢她那个样子。

有时候我专门看她的眼睛，有时候则专注于她的鼻子，后来是她的胸脯。当我定定地看着她饱满而坚挺的胸脯的时候，我会有很多想法，但不是很具体。为此我对自己这种行为和想法感到羞耻和羞愧。我似乎侮辱了她，欺负了她。突然，她会转头向我这边看来，我一个惊怵，飞快地将身子缩进了厨房。但有时来不及缩，目光正好与她对上，她便笑笑，我却吓得心口怦怦地跳。

那时没有自来水。各家要用水，都得到唯一的一个水池里舀。那水池就在宿舍的东头。也就是说，我每回挑水、洗菜、洗衣服，都必须经过秦老师家门口。每次经过，我都不敢正眼往秦老师家里瞄，还必须把头埋得低低的。刚开始，秦老师见我，总是要打声招呼：哟，阿霜，洗菜呢……

我深埋的头抬起来应答，既慌乱又吃力。后来秦老师大概见我为难，干脆就不跟我打招呼了。

秦老师的家只有一个单间，可放一张床、一张书桌、一张饭桌。路过她家门口，可以一览无遗。

后来，秦老师家来了一个青年，有时候穿着军装，有时候穿着白衬衣和军裤。毫无疑问，这青年是个军人。

每一次，他和她都是面对面端坐着，你一句我一句地聊。任何时候，他们都把窗打开，把门打开；有时候风一吹，门关上了，他们连忙再打开。老师们立即知道，秦老师恋爱了。那青年军人一走，邻居的老师立即围着她问这问那，问得秦老师脸红得像火烧。后来，秦老师很少出门，很少跟隔壁的老师闲聊了。

秦老师不在门口坐了，西边就少了一道风景。我煮饭的时候，再也不在门口站了。

在朝阳小学生活的日子，多是压抑和不快。但那段时光，却是我童年和少年里最美好的时光。

龙州

看起来，我们的生活似乎就局限于校园里。的确也是，每天上学放学，煮饭菜，白天就过去了。夜里，做老师的就忙着批改作业，写教案，或者家访；做学生的总被大人督促做作业，复习功课，一天就过去了。城区离我们学校仅两公里远，如果实在没有什么事情，我们是不能到城区里去玩的。城里发生什么事，有什么好玩的东西，我们是全然不知的。

事实上，古城龙州，是一个比学校大得多的大千世界。

龙州建制于唐先天二年（713 年），至今 1300 多年，地处中越边界，往西，水陆皆通越南；水路丽江汇入百色右江后，可通百色、云南；往东南，水路接南宁、梧州，可达广州。故而，作为水陆交通要道，历来为兵家必争之地，也是商家必经之路。广西第一条铁路筑于龙州（因越南方原因未通车）；广西第一个领事馆——法国领事馆设于龙州利民街；中法战争时，广西提督苏元春屯兵于此，于城北山峦筑小连城防范；陆荣廷青年时期在龙州中越边界水口发迹，才成为两广总督。龙州起义前，邓小平两次莅临龙州指导。抗美援越时期，龙州成为中国兵员、军用物资进入越南北方的运输通道。

就商家而言，货物进出多借水路，故而龙州码头特多。据统计，龙州城内大小码头总共有 29 个之多。可想而知，当年，龙州城丽江边上，各种大小船只穿梭于江面，真有如过江之鲫；兵、商、民等进出码头，更像倾穴出行之蚁，其情景是何等的壮观！

故而，龙州城商铺多街道也多。全城人都知道，龙州城共有 18 条街。但这么多年，我还没见过哪个人能把 18 条街的街名完全数得出来。

有一年冬天，龙江街一个最大的码头下面，聚集了一大堆人。不少青年人脱了鞋脱了外衣外裤，下到冰冷的江水中，不知打捞什么。走近了看，江边浅滩已被挖得坑坑洼洼，那些打捞人在冰冷的江水长时间的浸泡之下，手脚已被冻得通红，但他们全然不顾，一直专注地在沙石里寻找一样值钱的东西——子弹壳。

那时的子弹，很多是用铜制的。拿到县收购部去卖，可得不少钱。

时不时，这边或那处，发出一阵阵呼叫声。子弹壳纷纷被找到，大多是步枪子弹壳，有大人食指般大小。

他们谁都不明白，这地方为何有这么多的子弹壳。

上年纪的人知道，这里发生过一场惨烈的战斗。

1930 年 11 月，龙州起义不久，红八军军长张云逸率大部队西去与红七军会合，当地武装及桂系部队趁龙州空虚，由梁朝玑率五千人马攻打县城。留守县城的红八军少量部队依托南岸之险抵抗从北岸进犯的敌军。敌军从桥上、从码头乘船两头强攻，红八军最终寡不敌众，败退，龙州起义失败。

当年两军对垒，在两岸之间不知射出了多少枪弹，也不知流下了多少血水。那遗留的弹壳，只是那段历史的点滴记忆。后人打捞的只是战后的弹壳，却打捞不了当年的惨烈。

有一次，我在最繁华热闹的康平街上，看到银行出版的宣传墙报，当中有一首诗，我至今仍然背得：

龙州打铁街，有个李老大。

银纸八百块，把钱土中埋。

洪水浸过街，把钱都浸坏。

……

银行的意思是，叫大家有钱就到银行存，而不要像打铁街的李老大那样私自藏钱。

这是一个真实的事件。关键是，在当时，打铁街的李老大能有800块私存，那实在是了不起了！

打铁街在县城最大的集市新填地的东面，与新填地相接。街道全长约150米，街面宽约20米，是东面通往集市的必经之路。街道两旁，家家户户在门前都设有打铁坊；而街的西面，进入集市的拐弯处则是集体菜刀社。与个体打铁坊比，那是一个更大的打铁坊，由木板搭建而成。

打铁街主要出产菜刀，兼打制其他铁器，比如锄头、柴刀、斧头、犁耙等。

龙州菜刀自清朝起，享誉东南亚。那些菜刀的出品，全来自打铁街。

龙州菜刀的特点是刀口锋利，经久耐用，尤善砍骨，多大的骨头，一刀下去，必然断裂，而刀口不钝不崩。

传说，打铁街的菜刀原先名不见经传。有一次，黄记铁铺要与李记铁铺比试菜刀。比试的办法是，看谁的刀能砍断的铜钱最多。

比试的结果是，黄记铁铺的菜刀一刀下去能砍断五枚铜钱，而李记铁铺的菜刀一刀能砍断七枚铜钱。从此，李记的菜刀声名鹊起，龙州菜刀跟着名扬天下。打铁街由此而得名。

那个能有800块私藏的李老大是不是李记打铁铺的后人，便不得而知了。

打铁街真是名副其实的铁器锻造中心。每天一大早，打铁街家家户户的打铁坊包括集体菜刀社，风箱拉得呼呼响，火炉烧得通红。不一会儿，“咚——叮，咚——叮……”的打铁声此起彼伏，路过的人都忍不住往里看，看到作坊里，不是父子，就是兄弟，彼此面对着火炉，抡起铁锤，你一下，我一下，锤得火星四溅。看的人都心惊胆战，不可思议。冬天里，他们竟然穿着单衣，年轻的甚至光着上身，那右臂的肌肉一块块隆起，看的人不由得起鸡皮疙瘩。

所以，那时打铁街的人特别大气。上街买菜大都不讲价；男人们走在街上，人们大都认出他们是打铁街的人，因为他们大都长得矮，手臂粗壮，胸肌发达。

我有三个打铁街的女同学，一个是小学同桌，两个是初中同班。她们都很壮实且凶悍。

后来，外地人有所不服。有人说，龙州菜刀之所以好，是因为用了法国的铁轨做材料。清朝末年，法国与清政府签订协议，要在龙州和越南同登之间修建铁路，后因越方的铁轨宽度与中方的不符，最后无法通车。铁匠们便用法国提供的铁轨做菜刀。

也有另一种说法。龙州菜刀淬火的水是因为用了青龙溪的水。从打铁街东头流入一条溪水，经打铁街、新填地，通过新填地南边的青龙桥，流入丽江。此溪叫青龙溪。

据说青龙溪水质特好，有丰富的矿物质，菜刀用此水淬火，刀就特别坚韧。

这两种说法都没有依据。法国铁轨终有用尽的时候，不至于到了七十年代还有吧？

青龙溪是一条季节性溪流。每年七八月涨水，到十二月底枯竭。一年里有半年无法用青龙溪的水。这么说，打铁街有半年时间出品的龙州菜刀都是次品了？

人五人六

打铁街还有一个很牛的地方不得不说，那就是东边的新锋剧场。

新锋剧场是龙州唯一一个剧院，可容纳三四百人。里面有一个文工团，三四十号人，全住在里面。每天都是大门紧闭，只开一个小门供他们进出。从那里进出的人，全都是俊男靓女。他们走路从不斜视，男的挺胸，女的扭腰，实在好看。我们都知道，那些人不是会唱歌，就是会跳舞，都是百里挑一的人才，让人羡慕得很。有时候我路过这地方，不由得紧张起来，必定正正衣服、理理头发，希望被他们挑中，从此进入这个院子。

能进入这个院子，说明你就是个靓仔。我就是这么认为的。

每一年，文工团总会出演几场戏。开演的晚上，新锋剧院门口挤满了人。我父亲是县文化馆的干部，带我进去看了几场，因此我对一些演员甚是熟悉。

有一个叫张戈的，二十五岁左右，在文工团里最有名，可以说是龙州的名流了。

他高大英俊，成熟干练，喜欢留长发，能唱能跳，能演能导，一场晚会，他能出演好几种节目。我同班有个男同学，叫郭建臣，和父母一起寄宿在剧院里。他曾带我进到里面看他们排练。张戈给我们表演翻跟斗，一翻就是连续四五个，厉害极了。看得出，在这个新锋剧院里，上上下下、男女老少对张戈都带有几分敬意。张戈呢，为人低调，在任何场合、任何人面前，从不张狂、傲慢，连我这个小学生都感觉他可亲可敬。

这样的人，女孩子自然喜欢。文工团里有个女演员喜欢张戈，追求张戈，张戈也接受了。那女演员比张戈小几岁，跟着张戈走上街，亭亭玉立，婀娜多姿，一副小鸟依人的模样，引得路人注目不已，走路都乱了步伐。

后来，他们结婚了。次年的夏天，他们生了孩子。那女演员穿着连衣裙上街，丰满的胸部将衣服挺得紧紧的。奶水不经意从内衣里渗出来，将前胸衣服染上了湿湿的两个斑点。她发现了，不时用手帕往额头做擦汗的姿势，为胸部做一些无谓的遮挡。路人却早都看在眼里，把眼睛都看直了，无不遐想无边。

合龙街是处在一个土包上。它从北面斜斜地插入，与打铁街相接。街上的居民，大多苦力出身，扛死人的、拉马车的、搬运的、挑沙挑石的，什么都有。我姑姑就住在合龙街的中段，和姑父一起都是搬运社的工人。每天出工，每人手提一个饭盒，肩搭一条或红或蓝一米多长的用于搬运货物时遮挡衣领和头发的挡布。这条街上有七八个搬运工，男女都有。每天一早，他们大约在某一个时间段就纷纷出门，彼此打个招呼，就一起到搬运社集中，等活干。一有通知，大伙就出发。有时是到码头搬船上的货，有时是到某个单位搬汽车上的料；货有水泥、大米、木头、货箱等。这时候，自带的挡布就有用了。抖一抖，往自个儿的头上顺着肩部一铺，腰稍稍一低，车上或船上的人就把货物往肩上一放，挺起腰就走。要是碰到搬水泥，那就狼狈了。那粉尘沾得满身都是，个个灰头土面，几乎认不出谁是谁。

中午，他们就地将自带的饭菜吃了，打个盹，下午继续干，直到太阳下山了才回家。

那时姑姑家的伙食特别好。每天傍晚收工回来，姑姑或姑父手里必然提着一块肉，回到家全都炒了吃。姑姑有四个孩子，全是男孩。那盘炒肉不一会儿全都干光了。

那时我总不明白，我父母都是干部，领工资的，伙食的质量还不如姑姑家的好。后来才知道，姑姑和姑父都是搬运工，干的是体力活，如果每天没有一点油水，那真的干不了活。所以，他们大多是做一天吃一天，不像干部家庭，有细水长流、精打细算的习惯。

合龙街上有一个专以扛死人营生的，我们称这类营生的人为“五凿佬”。那人五十来岁，独身独居。他的家是一间十来平米的茅草房，室内除了一张床、一个火灶、一个饭桌，空无一物。那时还是土葬，哪家死了人，入了棺，就请他抬棺埋葬。他是“五凿老”的头儿，一声招呼，几个同伙就来了，一共四个。工具是两根木杆，两条长绳。到了死者的家，举行所有送葬仪式后，四个“五凿老”，前后两个，将绳子扎上棺材，就“嘿哟嘿哟”地抬起来，在死者家属的引领下，往野地里抬去了。埋上了土，烧了香，他们就回来了。死者家属给一些钱和肉，作为报酬。因“五凿老”常常接触丧事，不吉利，所以整条街的人都不愿与他来往。除了几个同行有时在他家聚一聚，一年长长，他多是独处。

每回我路过他家门口，总是这么想：他死了，又有谁给他抬棺呢？

龙州城有两个让人谈虎色变的人物，一个叫“马骝脸”，一个叫“牛魔王”，都是小偷。

在我们这儿，“猴子”在粤语里的读音为“马骝”，“马骝脸”就是“猴子脸”的意思。那“马骝脸”二十来岁，个子矮小，长得精瘦，走八字步。因脸部扁平，眼窝深陷，极像猴子的脸，故得名。他的穿着，向来是时尚的。当青年们流行穿军装的时候，他就穿喇叭裤了；当大家穿喇叭裤的时候，他却穿牛仔裤了，而且喜欢配上一件夹克。他独自住在龙江街一条小巷里，我上街常常路过他家，见他那间窄小低矮的瓦房大多是大门紧闭，讳莫如深，无比诡异。

他大多时候都是在街上溜达。

“马骝脸”之所以出名，除了他脸部和体形具有马骝特征之外，还有他高超的行窃技术。他以偷钱为生，一向独来独往，很少失手。他行窃的地方，一般有两处，一是集市，一是商店。每到圩日，他必然到新填地里转悠，直到散圩；要是闲日，他就出现在商店。公安局明明知道他是贼，但很难抓他现行，拿他没办法。当然，他也失过手，公安局曾五花大绑给他游过街。这就等于给他打上了“小偷”的标签，小小的龙州城，一下子全都知道他是个贼。这给他后来的“营生”带来极大的困难。每当他一靠近人群，认得他的人就互相使眼色提醒：“嗨，‘马骝脸’来了!”大家就紧紧按住自己装钱的口袋，或斜视着他，或避而远之，他无奈地撇撇嘴，走到别处去了。倒霉的是那些到县城赶圩或办事的乡下农民，遭殃的常常是他们。

“牛魔王”是一个十五六岁的少年，比我大不了多少。姓甚名谁，恐怕没多少人知晓。他留着小平头，眼角上翘，嘴角上翘，鼻子像鹰嘴，耳朵往前翻。就差头上没有长角，否则这长相完全就像《西游记》里的牛魔王。

“牛魔王”不像“马骝脸”，完全以偷为生。他边偷边玩，玩的时候，常常喜欢做一些恶作剧，毕竟孩子一个，稚气未消。

龙州盛产龙眼果、黄皮果，每逢圩日，农家整担整担地挑出来卖。当时这里有个习俗，买果可以先尝，不满意可以不买。“牛魔王”手上故意露出一两毛纸币，装着买果的样子，每到一个果摊，蹲下来，问了问价，便摘下一两个果子吃。尝完了，摇摇头，站起来，说：“唔，不够甜……”走开了。隔了两摊，他又用同样的方式吃人家的果。从东头走到西头，半斤的果都下肚了，手头那两毛钱始终没有花掉。

有一次，除夕前最后一次圩日，在圩亭里，有几个乡下农妇，各自买了一簇气球，每一簇有五六个的样子，红的、绿的、黄的、花的，煞是好看。想必这是带回去给孩子们的。她们很爱惜，一只手紧紧地攥着牵气球的线，另一只手则久不久把气球往怀里拢一拢，生怕被路过的人不小心给碰破了。当时我和母亲正在逛街，忽然看见“牛魔王”双手抱胸朝我们走来。母亲立即警惕和紧张起来，拉了拉我的衣袖。可他没有向我们走来，而是走向了我们身边的那几个农妇。每当他靠近一个农妇，那农妇怀里的一个气球就会莫名其妙地爆了，“嘭”的一声，把农妇吓了一跳。转眼间，每个农妇手里的气球都不明不白地少了两三个。看着手里的仍然牵着的凋敝的气球碎片，几个农妇唏嘘不已，痛惜的神态显露于表。

我一直盯着“牛魔王”，终于发现了其中的险恶：他双手抱胸，其中右手掌一直在左腋窝的掩盖之下。当他靠近农妇，右手掌便悄悄伸出一根长针，往气球刺去。当气球爆破后，他立即快步离开，若无其事地转了一圈，接着又返回，继续作恶。

他不知道，那气球破一次，农妇的心也会跟着碎一次。

古城龙州，人杰地灵，才俊辈出，却弄不懂怎么会生出这两个畜生来。

但龙州女子在左江一带倒是有名的。有名的原因，一是相貌俊美，二是穿着时尚。

龙州本地有句俗语：下冻好细米，龙州靓妹崽。

下冻是龙州的一个乡。由于此地的水田土质好，水源丰富，出产的大米，颗粒细长而光洁，煮成饭或粥，味香且柔软，故盛名。此俗语的解释，就是下冻乡有好细米，龙州城有靓妹崽。用粤语念，押韵。

龙州城的女子，如果不是做农活的，一般都长得肤色洁白，容貌俊俏，身材姣好。不管什么年代，对穿着都十分讲究。这两者相加，就略显洋气。

一个低我一年级的大学同学，姓唐，上林县人，毕业时分配到凭祥市文化馆工作。刚到凭祥两个月，就听到了“下冻好细米，龙州靓妹崽”这句俗语，忍不住挑了一个圩日，专程从凭祥乘班车到了龙州，蹲在街头专门瞄看龙州妹崽。龙州与凭祥相邻，仅 30 公里路程。他从早上十点蹲到下午四点散圩时才返回。

多年后唐同学与我相遇，说了这个经历，并赞不绝口：龙州靓妹崽，果然名不虚传。

印象里，龙州城有个女子，让我至今难忘。

有个女孩，家就住在打铁街的西头里，比我小几岁。她在朝阳小学读书时，还是个黄毛丫头，不起眼，不招人。但上了初中，忽然就变了个样：头发浓密而漆黑，脸蛋俊俏而白皙；身子娇小，穿着鲜艳，活脱脱一个美人胚子！

平常里，她喜欢站在家门口，有时是倚着门框，有时干脆就站在街边，对着行人随意地扫描。那双眼睛明亮透彻，没有任何的杂质；但滴溜滴溜打转的眼珠极不安分，射出的目光大胆而挑逗，一副怀春的样子；让路人看见，总要生出许多的杂想。打铁街一向雄性十足，但因有了这女子在街边这么一站，立即柔情万分，风情万种。

因为买菜我常常路过打铁街，几乎每次都能看到她顾盼生姿的样子。

这种女孩是读不成书的。后来，她嫁给了文工团的一个男演员。那演员长得英俊，但初中都没毕业，也没有表演天赋，很快就转行到供电所做工人了。

龙州男子，长得也是五官周正，气度不凡。

有一次，我接待外地来的一位朋友，想想，两个人吃饭多没意思，就叫了几个在南宁工作的同学来作陪，共有四男两女。吃到一半，那朋友突然一惊：哦，你们都是龙州的呀？我们说是啊，而且是同学。那朋友叹道：那就难怪了，一个个都长得这么端庄！他不说，我们还不大注意，说了，彼此仔细一看，果然，男的样子周正，女的穿着洋气。

龙州出产俊男美女，恐怕是有些历史渊源的。

清朝时，龙州作为一个对外开放的通商口岸，中外商贾，长年云集于此；法国领事馆设于利民街，常有夷人进进出出。久而久之，因为水陆交通的便利，通过贸易、军事、外交等交流方式带来的外来文化，深刻地影响着龙州人。龙州人也因为这得天独厚的条件，广泛地接受外来文化，生活观念和生活方式比之于邻县之民众，就显得开放和时尚。龙州城出俊男美女也就不足为奇。

父亲的气节

1975 年 9 月，我上初中了。那时我 13 岁。

在临近开学的前几天，母亲用一块蓝布为我缝制了一个书包，并在书包里放进了一毛钱，说，给你买零食吃吧，免得看见人家吃了嘴馋。

这是母亲唯一一次主动给我零用钱。

我所就读的学校是龙州镇初中。那年学校很特别，开设了两个特殊班——体育班和文艺班。我因会踢足球而被招入体育班——第 44 班。

体育班四十多名学生就因为有体育特长，因而大多都长得牛高马大，五大三粗。在当时，像我这样的个子，也就属于中等偏下。且男生大都比较好动，调皮，整个班纪律松散，学习成绩差。班主任汤干萍先生是位年近六十的女教师，年老多病，骨瘦如柴，常常被我们气得青筋突暴，手脚打战，却又无可奈何。

我父母都很担忧我的学习。母亲好几次找学校老师请求把我调离这个乱糟糟的体育班，到文艺班去，均未果。

说这个班乱糟糟，毫不过分。长得牛高马大的同学，随时随地都可以把我们这些小个子的同学使来唤去；不管高兴不高兴，他冷不丁就给你脑壳一巴掌，或者往你屁股扫一脚，然后瞪着眼看看你有什么反应。我们遭遇突袭，往往惊恐万状，但只是回过头，往那作恶者翻翻白眼，嘟囔几句，赶紧躲到一边去。

我是个温顺听话的人，不喜欢争狠斗勇。但在这样的班级里，也不得不参与了打架。

有一天上午，最后一节没课。第三节课间休息后，我从外面走进教室，经过讲台回到座位。坐在第二组第一排的莫大进，突然朝我喃了一句："地主崽!"

声音不大，但十分刺耳。从小学到现在，我一直反感这几个字眼。这样的字眼，永远都是一处软肋。凡是套上这样身份的人家，在任何情况下，要是被别人戳到这个痛处，必然没了底气，没了自尊，没了自信，没了力量。

这个莫大进，是一个小个子学习又特差的同学，我从没招他惹他，却不知他为何无端地当众羞辱我。我停下脚步，朝他看去，他撇着嘴，乜斜着眼睛看我，一副挑衅的样子。羞怒激起了我的反击。我毫不犹豫冲了过去，一把揪住了他的胸襟。我做出这样的动作，只是表示我的愤怒，到达震慑的作用就好。要是一个大个子同学，我绝不敢有任何举动。没想到，在我没有任何防备的情况下，莫大进突然从抽屉里抄出一个乒乓球拍，狠狠地朝我的前额猛烈地一敲，我顿时两眼直冒火星，一阵昏眩。几秒钟之后，我清醒过来，将他拖出座位，摔在地上，用脚死死地顶着他，他也用脚撑着我，但最终因为我个子和力气比他大，才让他动弹不得。

那天正是雨天，他的衣服和我的衣服，都沾满了对方蹬踏过来的泥浆。而我虽然制服了莫大进，但我亏大了。我的额头起了一个大包，并且隐隐作痛。

中午，放学了，我刚走出校门，突然有两个青年朝我冲来，挥拳猛打。在躲闪中，我看清了其中一人的面目，那是莫大进的哥哥!

回家的路上，我诚惶诚恐。毕竟是打架，怎么说都是不对的。我装着若无其事地进了家。父母看见我身上的泥浆，同时问我是怎么回事。我隐瞒不过，如实交代。父母并没有责怪我。父亲说，吃了饭你就带我去莫大进家。

莫大进家就在新填地附近的一个小巷里，很低矮、很窄小的一间瓦房。暑假的时候，他到野外摘捻子果，几乎天天都在他家门口摆卖，大概是挣学费，所以我知道他家。我们进去时，莫大进和他的父亲、哥哥都在。他父亲身份不明，但看上去是一个老实巴交的平民。

父亲很淡定地表明了自己的身份：我是一个党员，国家干部，从来没有剥削别人。我们不是地主崽!

那个年代，出身不好的人能入党实在不易。这全靠广西著名诗人沙芷先生。他几次到龙州采风，都是我父亲陪。见我父亲为人老实，工作努力，便向县里的领导极力推荐。父亲几经申请，竟得以加入了共产党。

莫大进父子三人明知理亏，一声不吭听任我父亲的斥责。

这是我在初中时唯一的一次打架，但竟然得到了父亲的支持。

父亲一向如此，爱憎分明。自认为对的，从不屈服。这个秉性，我深受影响。我从来不惧怕来自于暴力或权力的威胁，我敢于刀对刀、枪对枪的对抗，而且我只想到赢，而没有想过输。所以我一直压制着自己的火气，直至变成今天的这副和善的样子。

至此，我一直在内心感谢我们班的班长陆金英。她在女生中长得最高大的，我们给她取了个花名“大牛”。陆金英就住在利民街，与我外公家斜对面。我在外公家住的时候就认识她了。也就是说，她从小对我外公及其我们家的身份了如指掌，但她从没有在班上传播过我外公是“四类”的言论。

与我同坐的同学黄波，恰恰是另一种态度。本来我们是很要好的朋友，常常在一起玩耍。但有一天，他突然对我说，没想到你外公是个“四类”啊!

那口气，那眼神，好像我是一个隐藏在他身边多时的一个危险分子，终于被他发现了。而这的确是我们家一直捂得紧紧的羞于告人的难言之隐，但如今被人揭穿，我感到羞愧，毕竟我隐瞒了事实，让他人备受蒙蔽。

后来我把这事告诉了母亲，母亲说，哼，那肯定是他妈告诉他的。因为他妈知道我们的身世。

渐渐地，我和黄波都很少说话了，也不再来往，最后连话都不愿说。我们很尴尬地同坐了一个学期。直到新学期开始，我们分开坐之后，这种尴尬才得以结束。

木匠

还好，我的学习在班里还不算差。尤其是语文，是全班最好的。每逢写作文，班主任汤干萍老师几乎次次都拿我的作文当范文来读。我练过不到两个月的字帖，在一次全校毛笔字比赛中获得过第三名。为此，每逢学校劳动，我和几个毛笔字写得好的同学，常常得以留在学校里，抄写各种运动的宣传墙报，免去了劳作之苦。抄写多了，我当时居然就学会了吊笔。

但我父母并不乐观。我母亲常说，初中虽然你读上了，但到了高中就不一定喽。读高中是要保送的，我们的出身，哪能保送啊……

她曾私下跟我分析：父亲的单位文化馆有一个跟我同年级的学生，在朝阳小学，也就是我母亲的单位，也有一个同年级的同学，他们的出身，不是贫农就是中农，怎么比都轮不到我上高中。

那时，读大学、读高中、招工都是需要保送的。读不上的，就上山下乡，插队落户，接受贫下中农再教育。

父亲也常常拿此事来“威胁”我：你听话的话，将来你去插队了，我们会给你送去生油，或者猪肉炒头菜，否则，什么都不给，饿死你。

那时候，猪肉炒头菜，可是一道很好的佳肴了。头菜味咸，特能下饭，若有猪肉伴炒，两者更是绝香佳配，一个月里也很难吃上几回。而生油，则是饮食里必备的食材。一日无油，肚寡，干活没力。

我一直想象，当我插了队，在劳作了一天之后，拖着疲惫的身子回到宿舍吃饭时，能时不时吃上父母送来的香喷喷的头菜炒猪肉，那是何等的幸福呢！可不知道他们把头菜炒猪肉是装在玻璃瓶子里呢，还是装在碗里。而我该不该拿出来跟我的伙伴们一起分享？

似乎，在有意无意间，父母已经给我安排了命运：初中毕业，下乡插队。

当时的政策，下乡知青表现好的，可以保送上大学，或者招工回城当工人。

可母亲说，别说上大学，恐怕连做工人的资格我们都没有。能够回来做散工就不错了。

母亲果真是按照这个设想给我做了安排。她建议我将来插队返城后就做木匠。因为木工也算是技术活，比较体面，而且木工一般是在工棚下工作的（因为木料不能日晒雨淋），出太阳不怕被晒，天下雨不怕被淋，是个坐荫吃凉的活。

父亲只顾读书写作，从不过问我的将来。

母亲用行动来为我做准备。每逢圩日，她上街买菜，如果看见价格合适的木工工具，就分别给我买回来。不到两个月，长刨、短刨、墨斗、平凿、圆凿、直尺等都备有了。

我接受了这样的安排，也就是接受了将来的命运。我会在假期里自觉地进行木工的练习：学做一些简单的家具，比如板凳、碗柜等。但很快我就发现，我的工具还不齐全，还缺少斧头、锯子、曲尺等。缺少这些工具，干起活来还真的不方便。

我想到了偷。

朝阳小学每到暑假，都会请来几个木匠修理全校的坏台凳。他们固定一个教室作为工场，先是把所有的坏台凳找来，堆放在一起，然后一件一件地修。他们刨下的刨花，是引火烧饭菜的极佳材料，我们常常拿着箩筐之类的东西把刨花装回来。有时候刨花不多，我们就在一旁等，甚至等到他们收工。这时候我们发现，他们也许嫌工具太重，来来回回不方便拿，收工的时候就把所有的工具都藏于台凳堆里，然后把门锁上就回家了。

要命的是，他们竟然当着我们的面收藏这些工具。

我把偷工具的想法告诉了隔壁的好玩伴王仕家。他同意协助我去偷。

第二天夜晚九点多钟，我和王仕家碰头之后就采取了行动。那间教室离我们宿舍不远。那时的房子，前后的两堵砖墙是封不到瓦顶的，留下的缝隙，小孩子完全可以钻进去。那晚有依稀的月亮，我们借着月光，很顺利地通过窗口爬进了教室，又很快就找到了那一篮子的工具。我们挑选了斧头、锯子、锤子等，悄悄地爬了出来。

第二天一早，我们有意路过那教室，只听见木匠们骂骂咧咧，一整天没有开工。

母亲发现我突然增加了斧头、锯子之类的工具，问从哪里得来的。我说是姑爹给的，她也没有追问什么。

母亲一直都很相信她的孩子，但孩子却时常欺骗她的母亲。

至今，我没有为那一次严重的偷盗行为感到有太多的愧意和自责。我这么认为，男孩子对偷盗都怀有一种天生的好奇，为体验这种好奇，他必须进行一次次的尝试，以获得快感，所以我原谅了自己。况且，我当时是为了我未来的生存而做的准备，我的人生境界和觉悟只止于童年阶段。

我之所以后来没有成为盗贼，是因为没有偷盗成性。

那段时间，父母反倒不大过问我的学习了。似乎，我初中毕业，下乡插队，已是不可逆转的定局。

一走到头

为了补贴家用，我又开始了砍柴。这仅当作插队前的体力储备。

我一般都是跟班上的同学去。但我发现，砍柴的同学既不用肩挑，也不用人力车了，而是独轮车，几乎每人一辆。装多装少，走快走慢，都是自己的事。

这种劳动方式，在我看来是过于奢侈了。

我打算自己做一辆独轮车。我做过一些木工，知道怎么开榫头。

表哥时不时来县城赶圩。我告诉表哥帮我备两根山木，做独轮车的车把。

过了一个多星期，表哥给我扛来了两根大小一致、手臂一般粗的山木。表哥说，你先放一两个月，等木头干了才行。

可我心急，仅过一个星期，我就动手做了。其实很简单，在车头的位置，把车把凿开两个榫头，用两根短木将两个车把连接，再装上车轮就行了。

第二个星期，我就约同学去砍柴。

这一次去的地方是一个叫黄茅岭的大石山，离县城有十多公里。七八个同学，各自推着独轮车，浩浩荡荡，那感觉真好。放下车，拿起柴刀就入山。入山越深，柴就越多，柴杆也越粗。下午五点多，我们全部砍足装车出山了。但还没走到公路，我的车轮胶就脱落了。我是用一个废弃的旧砧板做的轮子，根本没法固定车轮胶。同学看见了，却没有一个停下来帮忙，一个个嗖嗖地从我的身边走过。我只得恳请他们回去的时候务必告知我父母一声，让他们来接我。

他们一个个“哦哦哦”地答应了，然后嗖嗖地走了。

我落在了后面。好不容易将车推上公路。那时的公路都是沙石路，摩擦大，每走一步都十分艰难。没多久天就黑了，我又饿又乏，实在坚持不了，只得将车子推到路边的草丛里藏好，做好记号，然后取下饭盒和柴刀，独自回家。

那时的野外到处都是黑灯瞎火的，几乎遇不到路人。当时是夏天，萤火虫忽隐忽现地在路边闪着丁点儿白光，来去无踪。我没见过鬼，但估计鬼眼大概就是这个样子。好不容易有一两部手扶拖拉机突突突地路过。我招过手，但没有一辆给我搭乘。

我走了很长的一段路，仍然没见父母来。我开始觉得着急，后来就变成了埋怨甚至愤怒：这么晚了，你们也放心让我一个人在野外啊?!

走着走着，我流泪了。我已经不害怕黑夜，但害怕渐渐漫上心头的那种被父母抛弃、没人在乎的感觉。

终于，黑暗中听见有一辆自行车“沙沙沙”地碾着沙石迎面驶来。突然，我听到了一个女子说话的声音。我的心跳了一下，毫不犹豫地喊了一声：“妈!”

“哎!”那个女子立即回应了一下，从那辆自行车的后座上跳了下来。

是母亲。她那清脆的声音，在任何环境下都可以辨认出来。

黑暗中，我们彼此迎面走去。

原来，我那些不懂事的同学并没有告诉我父母。天黑了，母亲见我久久未归，实在放心不下，饭还没吃就出来找我了。

十多年后，我和母亲无意中谈起此事。她说，那天她根本不知道我在哪里砍柴，只好胡乱选择了一个方向去找。这么巧，她选对了方向。一路上，她觉得走得太慢，就不断地拦截路过的手扶拖拉机，但就是没有一辆停下。最后碰上一个骑自行车的男子，母亲十分冒险地求那男子给她搭了一段。她说，如果找不到我，她将一直走下去，走下去……

天啊，母亲如果不说，那将是一段烂在心底里的故事。那晚，母亲要是找不到我而一直走下去，那将会发生什么状况呢？

那段经历告诉我，有难的时候得靠自己，不能靠别人，也不能完全相信别人。

有难的时候，只有亲人舍命帮你，别人无法舍命帮你。

回到家，父亲和弟妹都在等我吃饭。我记得那饭桌上放有一大碗炖猪脚。父亲嘻嘻地对着母亲笑：呶，不是回来了嘛，担心什么？

母亲脸上一直挂着愠怒。可以猜得出，事先母亲曾经要求父亲一起去找我，但父亲没有去，他相信我能自己回来。

这是做母亲的和做父亲的不同。

如果母亲不去找我，我也许会憎恨父母一辈子。

如果母亲一去不返，父亲也许会后悔一辈子。

那一年的冬天

1976年的冬天，我记忆尤深。那时我13岁多了。

那年的冬天，学校安排我们44班和45班到校办农场劳动学习。时间是三个星期，21天。

校办农场离县城有十来公里，里面有一个水库，水库边上砌有一排石头房子，分隔有七八个房间。周边都是起伏不断的泥坡，坡上种满了甘蔗、木薯。入冬了，甘蔗和木薯的叶子已经枯黄，远远看去，每个泥坡像一颗颗苍老的头颅，而干枯的叶子，就像头颅上乱蓬蓬的毫无光泽的毛发。

那个地方，是我们经常要来劳动的地方。

这次到校办农场劳动学习，自带被褥、大米、书本以及劳动工具。出发前，大家先到学校集中，拖拉机先把大家的被子拉走，我们就各自挑着泥箕、锄头、铲子，跟着出发。刚出校门，还保持队形，但到了郊外，走上公路，就散开了，稀稀拉拉的，像逃难的难民。

水库边上的那排石头房子，正好装得下两个班的男生女生。里面早就备好了上下架的木床。

入夜，宿舍旁一间小房子里，突然响起了“突突突”的电机声。一瞬间，我们的房间灯亮了。

但就只亮了一晚。

第二晚，班主任每个房间发了几支蜡烛。住上架的同学，把蜡烛插在床头，将房间点得通亮。

第一次集体同居，大家都觉得兴奋和新奇。外面黑麻麻的，没什么好去处，大家就躺在床上，你一句我一句地讲故事，讲笑话。

这样的生活，在家里是从来没有过的。但讲着讲着，肚子就饿了——每餐大都是青菜，偶有几片肉片，没有油水，饿得快。

可偏偏那个时候，平排住上架的两个同学，各拿出了饼干，悄悄地啃。灯太暗，他们的吃相我们看不见，但听得见：啃第一口，是“咔”的一声脆响；接着含在嘴里咀嚼的时候，是“沙沙”的闷响。虽然嚼得很轻，但那种响声却带着一种优越，从他们的蚊帐里窜出，继而变成一股香味，从头顶飘下来，飘下来，穿入我们的蚊帐，钻入我们的鼻孔，流入我们的肠胃，不断地搅，搅啊搅，搅得我们六神无主，饥肠辘辘，谁说的故事和笑话，都无法听下去了。

谢天谢地，好在他们不是每晚都嚼饼干。要是晚晚如此，我们不是因为老死，而是被馋死！

那时的冬天来得快，才到十月，天就冷了。我记得，每天早上起来，走到屋外，路边的野草都结满了霜。那霜是薄薄的一层，呈白色，裹着每一株野草的秆和叶；秆子和叶子是绿色的，从白色的霜里隐隐地透出来，那一层霜就显得晶莹和透亮。窝在坡底的水库，形状像个大水锅；水面浮着一层白色的雾气，随着风一排一排地飘拂，像一锅将要烧沸的开水。我们就在水库边刷牙洗脸。那水并不温暖，冷得我们直打冷战。

我们带来的课本根本没用。吃了早餐，老师就分配我们去劳动。今天去砍柴，明天去挖坑，后天去种树……天天都有活干。

干着干着，我们就盼望开饭。

宿舍旁边有一间十来平米的瓦房，那是我们的厨房。两个班各煮各的，大家把碗集中放在案板上，饭菜好了，就由做饭的同学分。分菜时，那菜香自然要飘出来，并且翻山越岭，让在几里之外劳动的我们，嗅得忍不住直吞口水。

根据菜的味道，我们一起竞猜今天吃的是什么菜。

有时候，香味是一种很残忍的折磨。

其实吃什么菜都很容易判断。我们每天吃的菜大都是时令青菜或少许的肉片。那都是我的同桌黄波踩单车到县城去买的。他买回了菜，就不用干别的活了。

之所以让他去买菜，是因为他母亲是县食品公司的职工，所以他买肉不仅方便，而且不用肉票。远远地见他归来，我们会挥起双手大声欢呼。

能不能吃上肉，就全靠他了。

他是一只幸福的鸟，能在这山野里自由自在地飞来飞去。

有一天，一个花名叫“安南珠”的同学，在中午休息的时候，他没有老老实实待在宿舍里睡觉，而是独自跑到到水库边用弹弓打中了一只水鸭。他兴冲冲地提着那只连鸭毛加一起都不足二两重且又半死不活的水鸭，来到厨房：今晚加菜！今晚加菜！

厨房里根本就没人。他扫兴地提着那只死水鸭走了出来。

他不知道，那只水鸭让他栽了！

工宣队的同志闻讯，把他叫到了农场办公室。

“工宣队”就是工人宣传队的简称。那时流行工人进驻学校，监督办学，几乎每个学校都有工宣队进驻。工宣队的任务就是发现和制止学校出现的任何问题，这有点像国民党派往各个部队的特训处。此次跟我们一起来的有两位工宣队队员，一男一女，据说是县印刷厂的工人。他们威严无比，走到哪儿，那神态都是目空一切，蔑视一切。

那天，我正好路过农场办公室，听见那女工人在声泪俱下地训斥“安南珠”：你不好好劳动，以为打水鸭光荣啊？我像你那样的年纪，苦啊，书不能读……

我听到了那女工人的抽泣声。那抽泣声很凄苦，仿佛要把“安南珠”

拉到她苦难的童年，让“安南珠”深受教育后幡然醒悟，痛改前非。

但我怀疑那抽泣的真实性。因为，人家打了水鸭，跟你的童年有何关系？

过了一会儿，我又听到女工人的训斥声：你是什么阶级立场啊？什么觉悟啊？打水鸭……没收你弹弓，没收你水鸭！

我退到了远处的一棵树下。

不一会儿，“安南珠”走出来了，两手空空，一脸愁苦。

那女工人也出来了，眼睛红红肿肿的。

她个子矮胖，脸庞圆圆大大，看不出她童年有什么苦难，需要哭泣来倾诉。

“安南珠”也许一辈子也不明白，不就打了个水鸭嘛，与阶级立场有什么关系？怎么会被批了一通？

在短短的21天里，我们不知道每天将要发生什么。但我目睹了“安南珠”毫无道理被批的场面，我内心产生了一种莫名的压抑。似乎，农场这样的场所就是产生压抑心情的地方。那里荒无人烟，要不是种有甘蔗、木薯等庄稼，表示这里有人迹，否则不敢相信，那里竟然住着一群学生。

有时，学校全体师生也来农场劳动。为了防止学生偷甘蔗，老师会派我们去守甘蔗。

有一次，班主任汤老师把守甘蔗的任务派给了我和容正新。

这是个美差。守甘蔗的同学可以到任何一个地方蹲守，而不必参加繁重的集体劳动。我和容正新选择了地势最高的一个甘蔗坡，作为我们的工作地点。

坡顶上，到处静悄悄。落在地面的甘蔗叶，日晒雨淋，脚踏上去，断裂时有咔咔的脆响。我们在田边的蔗叶上躺下，突然看见头顶上的蓝天竟是如此宽阔，如此高耸。我们没有见过海，就想象海的样子大概就是这样了吧？蓝如天空，无边无际。那片片白云，无非就是白帆？看得久了，就感觉地在旋转，天也在旋转。蔗林里，有风掠过，蔗叶便如湖面的微澜，随风的方向荡去。蔗叶翻转的声音，一浪紧过一浪，我们就好像湖里游累了的两条鱼，靠在岸边，歇息。

待久了自然有点烦。容正新便掏出一包烟来，说，抽一口吧。

说起来，在班里，容正新算是我要好的朋友。我们常常在一起办墙报，他画报头，我抄写。时间晚了，我就在他家里睡。母亲事先知道了，每次都给我五分钱，用于第二天买早餐。那时，一碗肉粥才五分钱。可每一回我掏出可怜巴巴的五分钱，他总是把我的手拨到一边去，然后自己从口袋里掏出几毛钱，买双份的肉粥和油条。他大方得很。

我知道，这钱是他偷得来的。

我母亲是他小学的班主任。母亲发现他常常有钱用，怀疑他来路不正，通过打听，知道他是“钳工”（偷钱），只是没有证据。可他与其他有不良习性的学生有所不同，他学习好，成绩好，遵守纪律，尊敬师长，团结同学，很会隐蔽。我母亲把这个情况告知了汤老师，可汤老师没有发现。

但我听到过他谈论有关做“钳工”的基本训练。他说，把一枚镍币放在热水盆中，能从水盆里夹出镍币而水面纹丝不动，那才是高手。我亲眼看见他把自己的中指反背弯到手腕。

那天他掏出来的烟，是一包大前门。那是很贵的烟，五毛钱一包。一般人根本就抽不起。

他把锡纸撕开，抽出一根，叼在嘴角。然后又抽出一根，递给我。我没接。他自己就划燃火柴，点烟，自己抽。他先是深深地吸了一口，然后从鼻子里徐徐喷出，只见他的鼻孔里有两道白雾急促地涌了出来，一直扑到我的脸上。那两道白雾很快就散开，我闻到了烟的香味。那是一种与饭菜香和香水有所不同的味道，饭菜香只是一种刺激，诱惑你进食，满足食欲；香水的味道则显得虚假，不真实，是一晃而过的东西。而香烟的味道，充实，持久，令人精神为之一振。我忍不住伸过手去，跟他要了一根。一抽，果然是心旷神怡，飘飘欲仙！

抽过之后，他教我闻一闻手指。刚才夹烟的两个手指滞留着烟的味道，一闻，那气味更加醇厚，更加醇香！

很快我又跟他要了一根。他笑笑，说，嘿，比我还要瘾呢。

那一刻，我对烟有了好感。我得承认，我后来学会抽烟就是从那时起的。

我们两个班八十多个学生就这样在一个荒山野岭里待着。晚上没有电灯，外面黑灯瞎火，只好在宿舍里点上蜡烛，躺在床上聊天。黄波每天都从县城里回来，带来了很多县里的消息。比如说，哪里出现了强奸案，法院又公布枪毙了什么人，电影院最新放了什么电影等。

有一天，汤老师把我们班全部男生招到农场办公室。她脸色严峻，眼光严厉。我心里一惊，莫非我们抽烟的事她知道了？

但她说的不是这事：前些天，你们当中有人讲了一下怪话，对社会不满，我在隔壁女生宿舍里都听见了。这很危险！会影响你们的前途，是谁说的，赶紧跟我报告，错了就改！

我更是大吃一惊！我记得前些天劳动回来，大家没事，就在宿舍里谈论了一些政治的话题，我是说了几句牢骚话，说了些什么，记不清了，莫非汤老师全都听到了？

因为我作文好，汤老师一向偏爱我，对我不薄，我怕这事让她失望。最重要的是，我怕出事。那个年代，最可怕的就是说错话。那两个工宣队员耳朵比猫还灵，要是给他们知道了，那比“安南珠”打水鸭严重多了。

我开始忧心忡忡，沉默寡言，心里好像打上了一个结，天天都堵在咽喉，想解总也解不开，每天一遍遍地过滤汤老师的话，感觉那天她所说的，似乎句句都是冲着我来说，但好像又不是。我希望有人先去自首，这样就可以排除我。但男生们个个乐呵呵的，没有自首的迹象。那么，我就等着汤老师来找吧，找上门了我再辩解。但汤老师一直没来。也许她已经忘了，或者我根本就没说什么，她根本就不知道是哪个说了什么。

我弄不明白学校为何安排这个冬天的劳动。

如果没有这个冬天的劳动，就什么事都不会发生。

可就这么一件事，把我折腾得就像莫泊桑《项链》里的洛尔塞夫人玛蒂尔德那样，因为丢失了别人的一条假项链而让内心亏欠了十年。

一个十三岁的孩子，实在无力去化解这么复杂的问题。

那时，我开始长胡子了，稀稀拉拉的，在人中的两边以及下巴无精打采地冒出来，像缺乏养分且又缺水的几根葱花。

我渴望早点结束劳动，回家去，就像《麦田里的守望者》的坏孩子霍尔顿那样，渴望逃离潘西。至少，家里有父母。

可是，离回家的日子还有一段时间呢。每天起床，我们仍然看见路边的小草的杆径和叶子结满了白霜，水库里的水面仍蒸腾着白雾。两个工宣队员仍然很认真都巡视着每一个角落，他们的脸色威严无比。汤老师永远都是一副疲惫苍老的样子。

那一天，临近中午，黄波骑着单车匆匆忙忙地从县城回来了。他的车尾驮着一篮筐的菜；车轮子碾过坑坑洼洼的路面，那筐菜便上上下下地弹跳。往常他是打着铃铛进来的，打铃铛的目的是告诉大家他回来了，然后享受大家对他的欢呼。但这一次他是飞快地火急火燎地进来的，几乎冲进了厨房的火灶才刹住车。他跳下车，将脚架一支，篮筐也不卸，就跑回宿舍，进了宿舍就嚷：出事了，出大事了！

大家问出了什么事，他支支吾吾说，“反动标语，到处都是反动标语！”

汤老师闻讯赶来，问他到底是什么事，他说，这次他进城，城里的树干、电杆、墙壁，到处都贴满了“反动标语”，内容是打倒王洪文、江青、张春桥、姚文元！

汤老师说，你先别乱传，等我问清楚了再说。

第二天，汤老师说，是有这么回事，打倒“四人帮”了。

过几天，三个星期 21 天的劳动期满。我们可以回家了。

临走的那个晚餐，全体加菜，肉菜是炖猪脚。入夜，宿舍旁的小屋里，又响起了“突突突”的机电声。宿舍通电了，大家借着灯光收拾东西。

回到家，父母看见我稀稀拉拉的胡子，他们互相对视了一下，哧哧地笑。

过了这个冬天，我就满 14 岁了。